KB114154

비룡영웅전

와룡봉추

임영기 新무협 판타지 소설

FANTASTIC ORIENTAL HEROES

와룡봉추 11
임영기 新무협 판타지 소설

초판 1쇄 찍은 날 § 2019년 10월 11일
초판 1쇄 펴낸 날 § 2019년 10월 18일

지은이 § 임영기
펴낸이 § 서경석

총괄팀장 § 노종아
편집책임 § 김경민

펴낸곳 § 도서출판 청어람
등록번호 § 제387-1999-000006호
등록일자 § 1999. 5. 31
어람번호 § 제2-2811호

주소 § 경기도 부천시 부일로 483번길 40 서경B/D 3F (우) 14640
전화 § 032-656-4452 팩스 § 032-656-4453
http://www.chungeoram.com
E-mail § chungeorambook@daum.net

ⓒ 임영기, 2019

ISBN 979-11-04-92068-4 04810
ISBN 979-11-04-91921-3 (세트)

11

비검영활

와룡봉추

임영기 新무협 판타지 소설

FANTASTIC ORIENTAL HEROES

청어람
도서출판

目次

第一章

사냥

　어느 특정한 장소에 잠입해서 일정한 표적을 감시하면서 필요에 따라서는 쥐도 새도 모르게 암살하는 것에는 단연 혈영단이 최강이다.

　과거에는 혈영단이었으며 현재는 비룡은월문 제십일검대 용설운검대라는 명칭을 부여받은 혈영살수, 아니, 용설운검사들이 어둠이 막 깔리기 시작한 숲속 곳곳을 유령처럼 기척 없이 흐르고 있다.

　용설운검대의 첫 번째 임무는 태주현을 포위한 형태인 사방의 외곽에 은둔해 있는 통천 고수들의 위치를 정확하게 파악하는 것이다.

그리고 그 임무는 한 시진 반 만에 끝났다.

강소성 남쪽 지방은 대부분 드넓은 평야지대이지만 태주현은 사방이 야트막한 야산에 둘러싸여 있다.

야산들은 거의 연결되어 있는 지형인데 지대가 낮은 곳은 울창한 숲을 이루고 있으며 태주현을 통과하는 다섯 개의 강과 외곽으로 통하는 세 군데의 관도에 의해서 여덟 군데가 잘려 있을 뿐이다.

용설운검수 사십 명이 각각 동서남북 네 방향을 열 명씩 맡아서 탐색을 시작하여 한 시진 반 만에 태주현 외곽을 둘러싼 야산들과 숲에 은신해 있는 통천 고수들의 위치를 완벽하게 알아냈다.

용설운검대 대주인 무결이 화운룡에게 보고했다.

"현 외곽에 은신해 있는 통천방 고수의 수는 약 이천이백여 명으로 파악됐습니다."

장하문이 물었다.

"몇 군데요?"

"전체가 사십팔 곳이며 한 군데에 약 오십 명씩 은신해 있습니다."

화운룡과 장하문, 운설, 명림, 무결 다섯 사람은 태주현 남쪽 야산 바깥쪽 강가에 있다.

"흑오연은 찾았소?"

용설운검대의 또 다른 사십 명은 은오루가 타고 비룡은월
문에 잠입하게 될 흑오연을 찾고 있는 중이다.

용설운검대의 전신인 혈영단도 흑오연과 비슷한 종류의 연
을 보유하고 있었기 때문에 그것의 용도와 조종술 같은 것을
훤하게 꿰고 있다.

"찾고 있는 중입니다."

무결의 대답에 장하문이 하늘을 올려다보았다.

"현재 남풍이 불고 있는 것이 확실하오?"

무결이 마른풀 하나를 뜯어 밤하늘에 던져보고는 날려가
는 방향이 북쪽인 것을 보고 대답했다.

"그렇습니다."

바람이 조금이라도 불어야지만 흑오연을 띄워서 원하는 방
향으로 비행할 수가 있다.

그러니까 남풍이 불고 있다면 은오루의 은오살수들이 남쪽
에서 흑오연을 띄워 북쪽에 있는 비룡은월문으로 비행을 하
게 될 것이다.

태주현 남쪽 가까운 지역에는 마땅한 산이 없다. 산꼭대기
같은 곳에서 연을 띄워야지만 될수록 높게 멀리 비행할 수가
있을 텐데, 그럴 만한 산이 없다면 다른 곳을 찾아봐야 한다.

한쪽 풀 바닥에 책상다리를 하고 앉아 있는 화운룡이 한마디 했다.

"남남동풍이야."

그는 마른풀을 허공에 날려보지도 않고 바람의 방향을 정정해 주었다.

남남동풍은 거의 남풍이나 다름이 없다. 하지만 그것은 가까운 거리일 때의 경우이고 먼 거리라면 남풍과 남남동풍은 큰 차이가 난다.

장하문과 무결은 화운룡의 말을 추호도 의심하지 않았다. 그가 남남동풍이라고 하면 그런 것이다.

화운룡이 한마디 더 했다.

"장강 너머를 찾아보라고 해."

"아…….

장하문과 무결의 표정이 홱 바뀌었다. 남쪽인 장강 너머에는 산이 매우 많다.

장강 너머라고 해봐야 태주현까지는 약 삼십 리에서 멀어야 오십 리다.

흑오연의 비행 거리가 최대 백 리니까 장강 너머에서 띄운다고 해도 충분히 비룡은월문에 도달할 수 있다.

어째서 장강 너머를 생각하지 못했는지 장하문과 무결은 자신들의 생각이 짧았음을 깨달았다.

무결이 즉시 서찰을 적어서 전서구를 날렸다.

장하문은 화운룡에게 고개를 숙였다.

"죄송합니다. 남풍인 줄만 알았습니다."

"괜찮아."

장하문이 남풍이 확실하냐고 물으니까 남풍이 맞다고 대답한 무결은 죄스러운 마음에 고개를 들지 못했다.

운설이 선 채 서성거리는 장하문과 무결에게 말했다.

"이리 와서 앉아."

두 사람은 화운룡 근처에 자리를 잡았다. 장하문은 편안하게 앉았지만 무결은 감히 그럴 수가 없어서 불편한 자세로 쪼그리고 앉았다.

주군 면전에서 퍼질러 앉을 수 없기 때문인데 그게 또 운설의 비위를 건드렸다.

"편하게 앉아."

무결이 급히 책상다리로 앉을 때 화운룡이 말했다.

"긴장하지 마라. 별일 없다."

장하문은 굳은 얼굴을 펴지 못했다.

"하지만 흑오연을 잡지 못하면 곤란합니다. 공중에서 침투하면 속수무책입니다."

화운룡이 피식 웃었다.

"삼라만상대진은 호락호락하지 않아."

장하문은 움찔했다.

"설마… 삼라만상대진이 하늘에서도 위력을 발휘합니까?"

화운룡은 태연했다.

"이름이 삼라만상이잖아."

삼라만상이란 우주의 모든 사물과 그곳에서 벌어지는 현상들을 뜻한다.

그러므로 진이 펼쳐져 있는 위치의 허공까지도 영역에 드는 것은 당연한 일이다.

장하문만이 아니라 모두들 놀라고 기쁜 얼굴로 화운룡을 쳐다보았다.

통천방 고수들을 상대하려고 비룡은월문 정예고수가 절반 이상 나와 있는 상황이고, 삼라만상대진이 하늘로 침입하는 은오살수들을 방어하지 못할 것이라는 생각에 다들 말을 하지는 않아도 초조한 심정이었다.

그렇지만 삼라만상대진이 하늘까지 위력이 뻗친다면 추호도 걱정할 게 없다.

그런 사실도 모르고 은오살수들이 흑오연을 타고 비룡은월문에 잠입했다가 절진에 빠져 허우적거릴 모습을 상상하니 장하문 등은 마음이 편해졌다.

장하문은 기쁘면서도 원망하듯 말했다.

"왜 그런 말씀을 미리 해주지 않으셨습니까?"

"그 정도는 당연히 알고 있을 줄 알았지."

말인즉 그 정도를 모른다면 바보 천치고 화운룡을 제외한 여기에 있는 네 명 다 바보 천치라는 뜻이다.

"죄송합니다."

명림이 메고 있던 등짐을 벗어 안을 뒤적거리더니 몇 가지 마른안주와 술병을 꺼내서 화운룡 앞의 바닥에 비단 천을 깔고 그 위에 차렸다.

호젓한 분위기라서 마침 술 생각이 났던 화운룡은 흡족한 미소를 지으며 고개를 끄떡였다.

"과연 명림이다."

운설은 죽었다가 깨어나도 절대로 아기자기한 명림처럼 하지 못한다. 그래서 질투도 하지 않는다.

명림이 공손히 술을 따르자 화운룡은 단숨에 마시고 입맛을 다시며 뒷맛을 음미했다.

"흐음… 안흥(安興)의 명주인 미로주(美露酒)로군. 이 귀한 술을 어떻게 구했느냐?"

무적검신, 십절무황 시절의 그는 하루도 빠지지 않고 술을 벗 삼았으므로 천하의 내로라하는 명주에 대해서 손금 보듯이 훤하게 알고 있다.

명림은 이런 칭찬을 기대하고 수하를 천오백여 리나 멀리 떨어진 안흥으로 보내어 미로주를 구해 왔던 것이다.

화운룡의 칭찬 한마디에 명림은 한없이 기쁘기만 했다.

화운룡은 빈 잔을 내밀었다.

"한 잔 더 다오. 자네들도 마시게."

명림이 술을 따르고 모두들 잔을 들었다.

"명주에 명우(名友)라, 참으로 나는 행복한 사내다."

맛있는 술을 좋은 벗들과 함께 마시니 행복하다는 뜻이다. 주군에게 그런 말을 듣다니, 운설과 명림, 장하문, 무결은 세상을 다 가진 듯 가슴이 뿌듯했다.

잠시 후에는 비룡은월문과 통천방, 은오루가 생사를 걸고 한판의 혈전을 벌이게 될 텐데도 이곳에서는 고즈넉한 술자리가 벌어졌다.

화운룡이 두 잔째 마시고 나서 물었다.

"술맛 어때?"

장하문은 혀를 내둘렀다.

"최곱니다."

무결은 빙그레 미소 지었다.

"뒷맛이 좋군요."

운설은 절반만 마신 술을 술잔 안에서 빙글빙글 돌렸다.

"술맛이 다 그렇지 뭐."

화운룡이 미소 지으며 고개를 끄떡였다.

"얘는 술 주지 마라."

운설이 깜짝 놀라서 솔직하게 말했다.

"끝에 풀잎 내음이 나요."

"늦었다."

운설은 화운룡의 팔을 두 팔로 안고서 흔들며 앙탈을 부렸다.

"아잉… 한 번만 봐주세요."

혈영단 부단주였던 무결은 소름 끼칠 정도로 잔인하고 차갑기만 한 운설의 이런 모습을 처음 보기 때문에 움찔 놀라서 눈을 크게 떴다.

그러나 화운룡 앞에서는 그저 유순한 여자일 뿐인 운설은 무결의 시선 따윈 아랑곳하지 않고 화운룡의 팔을 가슴에 안고서 코 먹은 소리를 했다.

"어째서 끝에 풀잎 내음이 나는지 가르쳐 주세요. 궁금해요. 흐으응~ 얼릉요~"

무결이 고개를 돌리고 토할 것 같은 표정을 짓는데 그의 귀에 싸늘한 운설의 전음이 전해졌다.

[죽고 싶으냐?]

화운룡은 미소 지으며 고개를 끄떡였다.

"풀잎 내음은 밤새 내린 이슬을 모아서 술을 담갔기 때문이야. 그래서 술 이름이 미로주지."

장하문은 이번 싸움, 아니, 전쟁에 대해서 화운룡에게 전권을 일임받았기 때문에 온 신경이 거기에 집중되어 있어서 술을 마시고 있어도 마음이 편하지 않았다.

그는 자신의 작전을 차근차근 음미해 보고 나서 조심스럽게 화운룡에게 물었다.

"주군, 어떻게 될 것 같습니까?"

화운룡은 고개를 끄떡였다.

"여어유부중(如魚遊釜中)이야."

뜻인즉, 솥 안에서 노는 물고기와 같다는 것이다. 통천 고수들과 은오살수들이 제아무리 날뛰어봐야 솥 안에서 날뛰는 형국이니 솥 아래에 불만 지피면 물고기들이 죄다 삶아질 테니까 이미 싸움의 승패는 정해신 것이다.

장하문의 얼굴이 밝아졌다. 제자가 사부에게 칭찬을 듣는 기분이다.

그러나 화운룡의 다음 말이 그의 표정을 어둡게 했다.

"변수가 일어나지 않는다면 말이야."

장하문의 가슴이 덜컥 내려앉았다.

"무슨 변수입니까?"

모두들 궁금하고 긴장한 표정으로 주시하는데 화운룡은 느긋하게 술을 마시고 나서 말했다.

"통천패군과 광덕왕이 직접 움직이는 것이 변수지."

"아……"

누군가의 입에서 탄성인지 신음인지 모를 소리가 흘러나왔다.

장하문은 물론이고 어느 누구도 거기까지는 전혀 생각하지 못했다.

그러나 충분히 가능한 일이다.

비룡은월문이 춘추십패의 반열에 오르려고 하기 때문에 강소성의 절대자인 통천방으로서는 반드시 비룡은월문을 짓밟아야만 한다.

하나의 산에 두 마리 호랑이가 존재할 수는 없다는 것은 만고의 진리다.

또한 광덕왕의 영원한 숙적인 정현왕 주천곤이 비룡은월문에 있으므로 광덕왕 역시 비룡은월문을 괴멸시키고 주천곤을 죽여야만 하는 공동의 목표를 지니고 있다.

통천방의 실질적인 서열 오 위 외총당주와 이천이백여 명의 고수들을 보냈으면서도 마음이 놓이지 않았다면 통천패군은 비룡은월문을 제대로 평가한 것이다.

그러므로 직접 대군을 이끌고 출정할 수도 있다. 대군이란 통천방 전체 세력을 말한다.

광덕왕은 직접 오지 않더라도 이 일에 개입한다면 동창고수와 황궁고수, 그리고 자신이 기르고 있는 고수들, 뿐만 아니라 사병(私兵)을 보낼 수도 있다.

그는 자신의 아들과 딸 주형검과 자봉이 비룡은월문에 잡혀 있다는 사실을 모르고 있을 것이다. 그 사실을 알게 되면 입에 거품을 물게 될 터이다.

장하문은 물론이고 다들 아무 말도 하지 못했다. 통천방과 광덕왕이 전력을 쏟아부으면 과연 비룡은월문이 어떻게 될 것인지 상상하고 있기 때문이다.

화운룡은 명림이 공손히 내민 마른 건육을 입으로 받아서 우물우물 씹으며 말했다.

"어째서 통천패군과 광덕왕이 갑자기 본 문을 괴멸시키려고 하는 것일까?"

장하문이 번뜩 생각나는 것이 있어서 대답했다.

"당금 황제의 암살이 임박한 것이 아닙니까?"

"광덕왕은 십중팔구 이미 황제를 죽였을 거야. 단지 황제의 붕어가 세상에 알려지지 않았을 뿐이겠지."

"아……."

다들 크게 놀라는 표정을 지었다.

장하문이 알겠다는 듯 고개를 끄떡였다.

"광덕왕이 황위에 오르기 위해서 정현왕 전하를 죽여야만 하는군요."

"그건 일부분이야."

"네?"

통천방과 광덕왕이 전력을 쏟아서 비룡은월문을 공격하여 괴멸시키는 동시에 주천곤을 죽이려고 하는 목적이 통천방은 강소성의 절대자로 남고 광덕왕은 황위에 오르기 위함인 것이 분명한데, 그게 일부분이라는 것이다.

화운룡이 도대체 무슨 말을 하고 싶은 것인지 갈피를 잡지 못하는데 그나마 장하문이 골똘하게 생각하다가 충격을 받은 듯한 표정으로 말했다.

"설마 천마혈계가 개시된 것입니까?"

화운룡은 고개를 끄떡였다.

"그럴 거야."

화운룡은 장하문이 상상도 하지 못한 것들을 생각하고 있다.

"어째서 그렇게 생각하십니까?"

"모든 일에는 성패 즉, 성공과 실패가 있다."

"그렇습니다."

"통천패군과 광덕왕이 본 문의 괴멸과 정현왕 전하의 암살에 대해 전력을 쏟아부었는데도 실패할 수 있다는 생각을 할까, 하지 않을까?"

"할 겁니다."

화운룡은 엷은 미소를 지었다.

"실패하면 통천패군이나 광덕왕은 끝장이야. 그런데도 강행하는 것이 그들의 자발적인 결단인 것 같은가?"

실패하면 통천패군은 죽거나 통천방이라는 모든 기반을 깡그리 잃게 될 것이고, 광덕왕 역시 마찬가지다.

"아⋯⋯."

그런데도 결행한다는 것은 그들이 누군가의 명령에 의해서 움직인다는 뜻이다.

＊   ＊   ＊

겨울의 한가운데인 새해 일월 초순의 산야는 온통 누런색으로 바싹 말라 있다.

자시(子時: 자정 무렵)를 반시진 남겨둔 시각에 태주현을 둑처럼 둥글게 타원형으로 감싸고 있는 외곽의 모든 산과 숲에서 동시에 불길이 치솟았다.

콰아아아!

그 광경을 멀리에서 본다면 태주현 전체가 불타고 있는 것이라고 오해할 정도다.

통천 고수 이천이백여 명은 축시(丑時: 새벽 2시 무렵)에 비룡은월문을 총공격할 계획이었는데 그보다 한 시진 반 전에 대대적인 화공(火攻)을 당했다.

현재 남남동풍이 불고 있으며, 태주현 외곽의 모든 산과 숲은 남남동쪽에서부터 불길이 시작되었다.

한겨울 풀이며 낙엽, 나무들이 누렇게 바싹 말라서 화약이나 다름이 없는 산야(山野)는 삽시간에 거대한 지옥의 불구덩이로 돌변했다.

그리고 그곳 수십 군데에 숨죽이고 은둔한 채 총공격 명령을 기다리고 있던 이천이백여 명의 통천 고수들이 놀라서 한꺼번에 산과 숲 밖으로 쏟아져 나왔다.

그들이 쏟아져 나간 방향은 한결같이 북쪽이다.

세상천지에 활활 타오르는 불구덩이 속에 가만히 앉아 있을 인간은 아무도 없다.

통천 고수들은 불구덩이에서 도망치느라 한 시진 반 후에 비룡은월문을 총공격해야 한다는 사실마저 망각했다.

그러나 그들은 자신들이 불을 피해 산과 숲에서 쏟아져 나오는 길목을 저승사자들이 지키고 있다는 사실을 꿈에도 짐작하지 못했다.

화르르릉!

거대한 불길이 남에서 북으로 휘몰아치자 통천 고수들은 단 한 명도 빠짐없이 북쪽으로 파도처럼 쏟아져 나갔다.

거대하고 시뻘건 불길이 염마왕의 혓바닥처럼 그들의 꽁무니에 따라붙었다.

대낮처럼 환한 불기둥을 등진 채 무더기로 쏟아져서 달려 나오는 통천 고수들보다 더 좋은 표적은 없을 터이다. 무엇으로 공격을 하든지 간에 그들은 완전히 무방비 상태였다.

투와아악!

불기둥 소리가 천지를 집어삼킬 듯이 귀를 먹먹하게 만드는 가운데 어디선가 들려온 둔탁한 음향을 통천 고수들은 전혀 신경 쓰지 않았다.

그리고 선두로 달리던 몇몇 통천 고수가 밤하늘을 뚫고 자신들을 향해 번갯불처럼 빠르게 쏘아오는 무언가가 있다는 사실을 감지했다.

하지만 그것이 어느 방향에서 쏘아오는지, 또한 무엇인지조차도 알 수 없는 상황에서 피하거나 막는다는 것은 어림도 없는 일이다.

슈퍼퍼퍼퍼퍽!

"끅!"

"컥!"

"허윽!"

부챗살처럼 펼쳐진 반원형의 방향에서 쏘아온 수백 발의 무령강전들은 단 한 번의 공격으로 삼백여 명의 통천 고수들 중 절반 이상을 거꾸러뜨렸다.

아직 쓰러지지 않은 통천 고수들이 놀라서 우왕좌왕할 때 재차 두 번째 무령강전이 밤하늘을 새카맣게 뒤덮으면서 날아와 그들을 휩쓸었다.

퍼퍼퍼퍼퍼어억!

"크윽!"

"흐억!"

단 두 번의 회천탄 공격에 통천 고수 삼백여 명 중에서 이 백이십여 명이 쓰러져서 즉사하거나, 아직 숨이 끊어지지 않은 자들은 몸을 부들부들 떨며 괴로워했다.

그리고 아직 살아남아서 허둥거리고 있던 칠십여 명마저도 세 번째로 날아온 백오십여 발의 무령강전에 고슴도치가 되어 거꾸러졌다.

산에서의 불길이 들판으로 번지기 시작하더니 잠시 후에는 쓰러져 있는 삼백여 명의 통천 고수들을 집어삼켰다.

"으아악!"

"크아악!"

무령강전에 꽂힌 채 아직 살아 있는 통천 고수들이 불길에 휩싸이면서 처절한 비명을 질러댔다.

비룡은월문 사람들은 구태여 모습을 드러내서 통천 고수들을 확인 사살할 필요가 없었다.

멀리 떨어진 야트막한 언덕에서 몇 사람이 그 광경을 응시하고 있었다.

화운룡과 장하문, 운설, 명림 네 사람이다.

화운룡은 씁쓸한 얼굴로 중얼거렸다.

"저것은 내가 원하는 바가 아니다."

그는 불을 질러서 통천 고수들을 도륙하는 것을 못마땅하게 생각했다.

"주군 잘못이 아닙니다."

"그래요. 저들이 원한 거예요."

장하문과 명림이 애써 위로했지만 화운룡에겐 별로 도움이 되지 못했다.

원래 화운룡은 통천 고수들의 희생을 최소화하면서 승리하는 몇 가지 작전들을 치밀하게 구상했다.

그러나 여러 정황으로 미루어봤을 때 통천패군과 광덕왕이 총공격을 해오고 있는 것이 거의 확실하기 때문에 이들을 살려둘 수가 없게 되었다.

공격할 의지만 꺾은 채 살려준다면 다시 통천패군 쪽에 붙어서 공격을 해올 것이기 때문이다.

그러므로 될 수 있으면 살인을 하지 않으려는 화운룡으로서도 어쩔 수 없게 되었다.

그러나 은오루의 은오살수들은 다르다. 그들은 천하에 해악이 되는 악인들이므로 처음부터 될 수 있는 한 모조리 죽이려고 마음먹었으니까 상관이 없다.

화운룡이 지켜보고 있는 동안 불구덩이에서 쏟아져 나온 통천 고수 삼백여 명이 아무런 저항도 하지 못한 채 무령강전에 꽂히거나 불에 타서 죽어갔다.

방금 보았던 저런 상황이 태주현 외곽 전체에서 이미 벌어졌거나 벌어지고 있는 중이다.

무림에서 불을 지르는 행위가 금기시되지는 않았지만 화운룡은 매우 싫어하는 방법이다.

그것을 잘 알고 있는 장하문과 운설, 명림이기에 지금 화운룡의 심정이 어떨지 헤아릴 수 있는 것이다.

한 시진 후.

화운룡에게 전서구가 날아들었다.

천지당 내당주 막화가 직접 보낸 서찰이다.

〈통천 고수 생존자 사백오십여 명이 뿔뿔이 흩어진 채 북쪽으로 도주하고 있습니다.〉

몇 시진 전까지만 해도 통천 고수는 이천이백여 명이었는데 불구덩이와 회천탄 공격에서 겨우 사백오십여 명이 살아남아 북쪽으로 도주하고 있다는 보고다.

서찰을 읽은 장하문이 말했다.

"북쪽 이화수강을 등지고 진검대와 운검대, 은월검대가 대기하고 있습니다."

통천 고수 생존자들이 도주할 것을 예상해서 비룡은월문 삼, 사, 오검대가 미리 북쪽에 대기하고 있었다.

화운룡은 가볍게 고개를 끄떡였다.

"주살하라."

간신히 목숨을 건져서 도주하고 있는 적들을 주살하는 것은 싸움이 아니라 사냥이다.

장하문은 재빨리 서찰을 적어서 전서구를 날렸다.

구아악!

전서구가 날아오르자마자 밤하늘의 남쪽 방향에서 낮은 괴성이 터졌다.

화운룡이 입술을 오므려서 휘파람을 길게 불었다.

"휘이익!"

그러자 한 마리 붉은 매가 급전직하 내리꽂혔다.

화운룡이 팔을 내밀자 한 마리 붉은 매 비홍이 날개를 퍼덕이며 그의 팔뚝에 내려앉았다.

푸드득…….

비홍은 사신천가 중에 백호뇌가가 운영하고 있는 비응신의 영물이다.

비응신은 천하백파 중에 하나로서 수백 년 동안 신속함과 정확함의 상징이었다.

홍예와 건곤쌍쾌 수란, 도범은 용설운검사들과 함께 남쪽 장강 건너에서 은오살수들을 찾고 있는 중이다.

비홍이 날아온 것을 보면 홍예 등이 은오살수의 흑오연을 찾은 모양이다.

비홍의 발목 전통에서 빼낸 서찰을 읽은 화운룡이 나직하게 중얼거렸다.

"놈들을 찾았다. 단산(斷山)이다. 장강 건너에서 대기하고 있던 십오룡신과 비룡검대, 해룡검대가 즉시 그곳으로 갔다고 한다."

단산은 장강 건너 강가에 있는 산이며 나무가 거의 없는 돌산과 깎아지른 절벽이 많은 것으로 유명하다. 여북하면 이름이 끊을 단(斷)이겠는가.

장하문이 고개를 끄떡였다.

"오늘로써 은오루는 무림에서 영원히 사라질 것입니다."

화운룡 등은 십오룡신과 비룡검대, 해룡검대가 사백여 명의 은오살수들을 감당할 수 있을지에 대해서는 염려하지도 않았고 아예 말을 꺼내지도 않았다.

각각 백 명과 백오십 명으로 몸집을 불린 비룡검대와 해룡검대의 실력은 미상불 천하무림의 그 어느 방파나 문파의 최정예고수들보다 우위에 있을 것이다.

화운룡이 틈나는 대로 그들 이백오십 명의 생사현관을 타통해 주어서 평균 공력이 백이십 년에 달한다.

뿐만 아니라 그들은 비룡운검을 비롯한 비룡육절을 두루 터득했기에 각자의 실력은 초일류급이다.

게다가 십오룡신까지 가세했으니 은오살수가 사백 명이 아니라 곱절인 팔백 명이라고 해도 오늘 밤에 모두 단산에 뼈를 묻게 될 것이다.

더구나 그들이 올라간 산이 단산이라는 사실이 은오살수들에게는 최후의 패착이었다.

은오살신은 아스라이 먼 북쪽 하늘이 붉그스름하게 밝은 것을 보았지만 그다지 신경 쓰지 않았다.

온 천지가 바싹 마른 계절이니까 산이나 숲에서 불이 날 수도 있기 때문이다.

통천방 외총당주하고 약속한 총공격 시간인 축시가 이제 반각 앞으로 다가왔다.

은오살신은 통천방이 비룡은월문을 괴멸시키든지 말든지 그런 것에는 전혀 관심이 없다.

은오살신의 관심사는 오로지 정현왕과 비룡공자를 죽여서 살인 청부 대금 횡금 백십만 냥을 받는 것뿐이다.

그런 점에서는 통천방도 마찬가지다. 사백 명의 은오살수들이 한꺼번에 침투하여 비룡은월문 곳곳을 들쑤셔 놓으면 통천방으로서도 크게 도움이 될 것이다. 그러니 둘 다 자신들의 이익을 위해서 협력을 할 뿐이다.

은오살신이 둘러본 바에 의하면 이곳 단산은 흑오연을 띄우기에 최적의 장소다.

단산은 높이 백오십 장으로 그리 높지 않았으나 정상이 평평하고 꽤 넓어서 많은 인원이 집결할 수 있으며, 북쪽에 깎아지른 낭떠러지가 있어서 그곳에서 흑오연을 띄우면 장강을 넘는 것이 어렵지 않을 터이다.

운이 따라주는 것인지 아까보다 바람이 조금 더 세졌기 때문에 흑오연을 띄우기만 하면 늦어도 이 각 안에 비룡은월문 상공에 도달할 것이다.

은오살신은 약간 높은 바위에 우뚝 서서 아래쪽 평지를 굽어보았다.

수하들이 분주하게 흑오연을 조립하고 있는 광경이 일목요연하게 보였다.

흑오연을 펼치면 작은 오막살이집의 지붕 크기지만 접으면 키 높이에다 두 팔로 안아도 반 아름밖에 되지 않고 어린아이 정도 무게라서 휴대하기 간편하다.

그때 부루주가 은오살신을 올려다보면서 보고했다.

"루주, 흑오연 조립이 모두 끝났습니다."

은오살신은 만족한 표정으로 고개를 끄떡이고 나서 낮게 헛기침을 하고는 도열해 있는 사백 명의 은오살수들에게 말했다.

"모두들 비룡은월문에 대해서 완벽하게 숙지했느냐?"

은오살수 사백 명이 마치 한 명이 행동하는 것처럼 일제히 고개를 숙였다가 들었다.

비룡은월문 내부의 전각들이나 호수, 운하 등의 위치에 대해서는 그다지 비밀 사항이 아니다.

비룡은월문의 전체 경비를 담당하는 하급 호문무사나 물건을 배달하는 일꾼들 몇 명만 잡아다가 족치거나 구워삶으면 쉽게 알아낼 수 있을 정도다.

또한 비룡은월문 내에서 정현왕 일가와 화운룡의 거처가 어딘지도 알아냈기 때문에 사백 명의 은오살수들이 그 두 곳만 집중적으로 공격하면 된다.

"내가 이미 너희들에게 말했던 것처럼 이번 일을 끝내면 너희들 각자에게 은자 만 냥씩의 홍리(紅利: 상여금)를 고루 나누어줄 것이다."

온몸을 흑의 야행복으로 감싼 데다 검은 복면까지 하고 어깨에 흑검을 멘 은오살수들의 눈이 반짝거렸다.

지금껏 은오살수들의 수입은 철저하게 성과에 의한 분배 제도였다.

이를테면 은오루가 접수하는 살인 청부는 총 다섯 등급이 있는데 그중에 중간인 삼 등급의 살인 청부를 성공하면 그 일을 해낸 은오살수 각자에게 일률적으로 이백 냥씩의 낭탁(囊橐: 몫)이 주어졌다.

참고로 삼 등급의 살인 청부 금액은 은자 삼천 냥이고 보통 다섯 명의 은오살수가 투입된다.

그러면 은오살수 다섯 명 각자에게 이백 냥씩 천 냥을 나누어주고 부루주가 오백 냥을 먹으며 천오백 냥이 고스란히 루주의 몫이다.

그랬었는데 이번 살인 청부를 성공하면 은오루 전 살수에게 고루 무려 은자 만 냥씩을 지급하겠다는 것이니 이런 일은 은오루 개파 이래 한 번도 없었다.

"특히 정현왕을 죽이는 자는 백만 냥을, 비룡공자를 죽이면 십만 냥을 주겠다."

은자 만 냥이면 살수 생활 그만두고 평생 호의호식하면서 살 수 있을 텐데 십만 냥, 백만 냥이 수중에 들어오면 상상하는 것만으로도 가슴이 터질 지경이다.

이번 청부가 성공할 경우 은오살수 사백 명에게 은자 만 냥씩 사백만 냥을 주더라도 무려 이천구백만 냥이 남아서 몽땅 루주와 부루주 차지가 된다는 사실을 은오살수들은 전혀 모르고 있다.

부루주가 휴대용 누호(漏壺: 물시계)를 보고 은오살신에게 알려주었다.

"축시입니다."

은오살신은 고개를 끄떡였다.

"출발하라."

명령이 떨어지기 무섭게 줄지어 늘어선 은오살수들이 흑오연을 붙잡고 낭떠러지를 향해 힘차게 내달렸다.

타아앗!

백오십 개의 흑오연은 이미 다 조립이 돼 있었기 때문에 각각의 흑오연에 세 명, 적게는 두 명씩 매달려서 경공을 전개하여 최고 속도로 낭떠러지를 향해 달렸다.

흑오연은 전체가 새카맣고 앞이 뾰족한 세모꼴로 생겼으며 바싹 말린 상어 껍질로 날개를 이루고 강하고 질긴 오죽(烏竹) 즉, 검은 대나무로 뼈대를 만들었다.

뼈대에 연결된 줄을 은오살수의 허리에 묶었으며 목표 지점 상공에 도착하면 낮게 비행하면서 줄을 풀어 아래로 뛰어내리면 되는 것이다.

타앗!

낭떠러지 끝에 이르러 은오살수 세 명이 일제히 땅을 박차고 허공에 몸을 띄웠고, 흑오연은 아래로 잠시 꺼지는 것 같다가 곧 슈욱! 하고 위로 급상승하며 떠올랐다.

백오십 개의 흑오연이 일사불란하게 밤하늘로 모두 떠오르는 데에는 반각밖에 걸리지 않았다.

마지막 흑오연에는 은오살신과 부루주가 매달려서 야공으로 솟구쳐 올랐다.

솨아아아…….

백오십 개의 흑오연들은 밤하늘을 뒤덮은 채 비스듬히 하강하며 비행했다.

흑오연의 적정 고도는 지상에서 삼십여 장이다. 이륙 장소인 단산이 백오십 장 높이였기 때문에, 백오십 개의 흑오연들은 적정 고도에 이르기 위해서 떼 지어 하강했다.

옆에서 흑오연의 날개 뼈대를 두 손으로 붙잡고 매달려 있는 부루주가 은오살신을 쳐다보며 빙긋 웃었다.

"루주, 바람이 적당합니다."

은오살신은 득의하게 미소 지었다.

"후후후… 오늘 밤 운명은 내 편이로군."

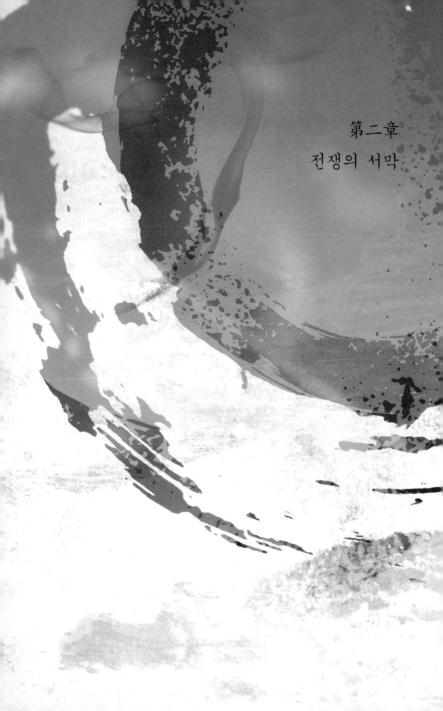

第二章

전쟁의 서막

　은오살신의 얼굴에서 웃음기가 사라졌다.

　투앙!

　단산 정상 낭떠러지를 출발한 백오십 개의 흑오연들이 적정 고도인 삼십 장에 이르렀을 때 느닷없이 아래쪽에서 가죽 북 두드리는 소리가 터진 순간부터 은오살신의 운명은 절망을 향해 가장 빠른 속도로 곤두박질쳤다.

　은오살신을 비롯한 은오살수들이 아래를 내려다보자 캄캄한 저 아래에 수백 송이의 작은 꽃송이 같은 것들이 아른거리면서 흔들리고 있었다.

은오살신은 물론이고 사백 명의 은오살수들 중 단 한 명도 그것이 불화살을 멀리에서 봤을 때의 광경이라는 사실을 알아보지 못했다.

단지 한밤중 지상에 웬 꽃송이들이 저다지도 밝게, 그리고 많이 피어 있는 것인가, 라고만 즉흥적으로 떠올리며 궁금하게 여겼을 뿐이다.

그러나 수백 개의 꽃송이들이 삽시간에 가까워지자 그것들이 불꽃이라는 사실을 알았으며, 더욱 가깝게 쇄도했을 때야 비로소 불화살이라는 사실을 깨달았다.

콰아아앗!

화살촉에 송진과 기름을 듬뿍 바른 뭉북한 솜뭉지가 맹렬하게 타오르는 수백 발의 무령강전이 쏘아 오르는 소리는 마치 폭포 소리 같았다.

"우앗! 불화살이다!"

"피, 피해라!"

수하들의 다급한 외침을 듣는 은오살신의 얼굴이 짓밟은 만두처럼 보기 싫게 일그러졌다.

"이게 도대체……."

수백 발의 불화살들이 혹오연 혹은 은오살수들에게 마구잡이로 쑤셔 박히고 있을 때 은오살신은 그제야 운명이 자신의 편이 아니었으며 오히려 운명에게 철저히 농락당했다는 사실을 깨달았다.

"우라질……."

퍼퍼퍼퍼퍽!

백오십 개의 흑오연들은 단 하나도 빠짐없이 모조리 불화살에 명중했다.

높게, 그리고 멀리 비행하기 위해서 흑오연이 지나치게 큰 탓도 있지만, 불화살을 발사한 비룡검대와 해룡검대의 검사들 회천탄 솜씨가 탁월해서 단 한 발도 빗나가지 않았다.

그랬기에 대부분의 흑오연들은 두 발 이상의 불화살에 맞아 삽시간에 불탔다.

화르르르!

"우와앗!"

"흐아악!"

바싹 말린 상어 가죽으로 덮은 흑오연의 날개는 타버릴 것도 없어서 불이 붙자마자 후르륵 사라져 버렸고 은오살수들은 앙상한 대나무에 매달린 채 쏜살같이 추락했다.

쐐애애액!

"으아아아!"

"흐아악! 추락한다!"

제아무리 은신술을 비롯한 갖가지 살수 수법에 능통한 은오살수라고 해도 지상에서 삼십 장 높이의 캄캄한 밤하늘에서는 뾰족한 재주가 없이 그저 추락할 수밖에 없었다.

그 높이에서 앙상한 대나무를 붙잡고 추락하면 십중팔구 즉사할 수밖에 없다.

지상에는 십오룡신과 비룡검대, 해룡검대가 무기를 뽑아 쥐고는 서슬이 퍼렇게 기다리고 있으므로 은오살수들이 설혹 지상에 추락해서 간신히 목숨을 부지하더라도 살아날 길이라고는 전무할 것이다.

통천방과 은오루의 연합 세력은 공격을 개시해 보지도 못하고 괴멸해 버렸다.

어떤 형태의 싸움이라고 해도 몇 명의 생존자라는 것이 있게 마련이지만 불운하게도 통천 고수와 은오살수는 단 한 명도 살아남지 못했다.

아니, 현재까지는 단 두 명이 살아 있다.

통천방 외총당주와 은오루주인 은오살신이다.

태주현의 서쪽에서 남북으로 대륙을 가로질러 끝없이 뻗은 운하에 떠 있는 한 척의 배 갑판에 외총당주와 은오살신이 나란히 무릎을 꿇고 있다.

그들이 자의로 무릎을 꿇고 싶어서가 아니라 몇 군데 상처를 입고 혈도가 제압된 상태에서 이곳에 끌려와 강제로 무릎이 꿇린 것이다.

두 사람 앞에는 화운룡이 의자에 앉아 있고 좌우에 장하문과 운설, 명림이 서 있다.

현재 비룡은월문 휘하의 이 배는 운하를 따라서 북쪽으로 느릿하게 운행하고 있으며, 화운룡과 장하문을 비롯한 십칠룡신 완전체와 호법대 십이 명, 그리고 백호뇌가의 홍예, 건곤쌍쾌가 타고 있다.

외총당주 북천혈도와 은오살신은 앞쪽 의자에 앉아 있는 화운룡을 처음 보지만 그가 비룡공자라는 사실은 보는 순간 알아차려서 버썩 얼어버린 모습이다.

화운룡은 아무 말도 하지 않는데 운설이 가볍게 눈살을 찌푸리며 내뱉었다.

"이것들을 왜 데리고 온 것이냐?"

무릎 꿇은 북천혈도와 은오살신 뒤쪽에 서 있는 몽개와 반옥 중에서 몽개가 공손히 대답했다.

"주군께서 치죄(治罪)하실 것 같아서……."

운설은 냉소했다.

"통천패군이나 광덕왕 정도라면 치죄를 해볼 가치가 있겠지만 주군께서 이런 조무래기들에게 시간을 할애하시는 것조차 아깝다."

통천방 서열 오 위 외총당주와 무림 최강의 살수조직 은오루의 루주가 운설의 말 몇 마디에 조무래기로 전락했다.

그녀는 은오살신을 눈 아래로 보며 냉랭하게 말했다.

"초역기(楚亦基). 내가 누군 줄 아느냐?"

은오살신의 이름이 초역기인데 그것을 알고 있는 사람은 극소수에 불과하다.

은오살신은 미간을 잔뜩 좁히고 운설을 쳐다보았다. 아혈을 제압하지 않아서 말을 할 수 있지만 그는 입을 굳게 다물고 침묵을 지켰다.

하지만 애매한 표정으로 봤을 때 그는 운설이 누군지 모르는 것 같았다.

명림이 온화하게 말했다.

"그녀는 혈영객이에요."

은오살신은 움찔 놀라서 운설을 쳐다보았다. 은오루의 영원한 숙적 혈영단의 단주인 혈영객이 비룡공자의 호법이 됐다는 말은 들었지만 이렇게 어이없는 자리에서 만나게 될 줄 꿈에도 몰랐다.

"언니, 그걸 말해주면 어떻게 해요?"

운설이 명림에게 역정을 냈다.

"저놈이 죽는 마지막 순간까지 내가 누군지 모르게 할 생각이었다고요."

"미안해."

"그렇게 하면 저놈이 얼마나 답답하겠어요?"

은오살신이 이죽거렸다.

"나는 추호도 답답하지 않았을 것이다."

은오살신과 북천혈도는 화운룡이 자신들에게 뭔가 중요한 것을 요구하거나 거래할 것이 있기 때문에 제압해서 데리고 온 것이라고 짐작했다.

그래서 그 목적을 이루기 전에는 자신들을 쉽게 죽이지는 않을 것이라 생각을 하고는 조금 배짱이 생겼다.

은오살신은 혈영객과 비룡공자 면전에 제압당한 몸으로 무릎 꿇려 있는 상황 때문에 기가 죽었으나 얘기만 잘되면 살 수 있다는 한 가닥 기대를 했다.

"내게 무엇을 원하느냐?"

운설이 차갑게 비웃었다.

"수하 사백 명이 모두 죽고 혼자 달랑 남은 네놈한테 무얼 원하겠느냐?"

"어……."

은오살신은 말문이 막혔다.

운설의 말이 백번 옳다. 그가 은오살신으로서 쩌렁한 명성을 떨치는 것은 사백 명의 은오살수들을 거느리는 은오루주였을 때의 얘기지, 지금은 그저 죽음을 기다리고 있는 가엾은 늙은 살수일 뿐이다.

수하들을 깡그리 잃고 자신은 여기저기 상처를 입고서 제압된 형편인데 도대체 그에게 무엇을 원해서 거래를 하겠는가.

그때 화운룡이 조용히 말했다.

"죽여라."

운설이 반색하며 물었다.

"둘 다요?"

"오냐."

은오살신과 북천혈도의 안색이 급변했다. 북천혈도 역시 은오살신과 비슷한 생각을 하고 있었다.

아니, 은오살신은 수하들이 깡그리 죽었기 때문에 가치가 없다고 해도 통천방 서열 오 위 외총당주인 자신은 살려둘 가치가 충분하다고 생각했다.

"무… 무슨 소리냐? 후회할 짓은 하지 마라!"

"내가 통천방 외총당주라는 사실을 잊었느냐?"

은오살신만이 아니라 북천혈도도 목에 핏대를 세우면서 아우성을 쳤다.

"시끄럽다."

삭…….

그때 운설의 차가운 목소리와 함께 흐릿한 한 줄기 빛살이 은오살신과 북천혈도 눈앞에서 착각처럼 어른거렸다.

아무도 움직이지 않았다. 그저 운설이 손을 앞으로 슬쩍 뻗었다가 거두었을 뿐이다.

북천혈도와 은오살신은 이상한 느낌에 눈을 멀뚱거리면서 운설을 쳐다보았다.

운설이 팔을 내밀었다가 거두었기 때문에 그녀를 쳐다보는 것이지 별다른 이유가 있어서가 아니다.

북천혈도와 은오살신은 자신들이 운설의 조화천룡수라는 무형강기에 이미 목이 잘렸다는 사실을 알지 못했다.

머리카락보다 가느다란 무형강기가 목을 잘랐기에 아픔도 느끼지 않았으며 아직 숨을 쉴 수가 있다.

운설이 두 손을 내밀어서 가볍게 털어내는 동작을 취했다.

슥……

그러자 북천혈도와 은오살신의 몸이 새털처럼 가볍게 둥실 허공으로 떠올랐다.

그들은 허공에 떠오르는 충격으로 잘린 목이 그제야 갈라져서 머리통이 목에서 분리되었지만 피는 한 방울도 흐르지 않았다.

"으어어……"

"와아악!"

그들은 멀어지는 자신들의 몸뚱이를 보게 되는 생애 최초이자 마지막 신비한 경험을 겪으면서 처절한 비명을 터뜨렸다.

몸뚱이가 없는 머리통이 비명을 지르는 광경은 무섭다기보다는 매우 우스꽝스러웠다.

첨벙! 풍덩!

무거운 몸뚱이가 먼저 강물에 떨어지고 그다음에 두 개의 머리통이 빠졌다.

그것들은 몇 번 수면으로 오르락거리다가 천천히 물속으로 가라앉았다.

그것들이 모습을 감추었을 때 화운룡 일행이 탄 배는 저만치 미끄러져 가고 있었다.

몽개가 화운룡에게 공손히 허리를 굽혔다.

"죄송합니다. 주군께서 저놈들에게 하문하실 것이 있으실 것 같아서 제 마음대로 끌고 왔습니다."

화운룡은 미소 지으며 손을 저었다.

"덕분에 설아가 속 시원하게 손맛을 봤으니 됐네."

"감사합니다."

몽개는 허리를 굽히고 나서 좀 머뭇거리다가 운설에게 조심스럽게 물었다.

"좌호법님, 조금 전의 그 수법이 무엇이었습니까?"

그는 운설이 검을 뽑지도 않고 은오살신과 북천혈도의 목을 자르고 허공으로 날려 보낸 신기에 가까운 수법이 무엇인지 몹시 궁금했다.

"조화천룡수다."

"그게 뭡니까?"

운설은 득의하게 으스대는 표정을 지었다.

"무극사신공 중에 하나다."

장하문과 명림이 움찔 놀라서 얼굴이 가볍게 변했지만 운설은 알지 못했다.

장하문은 운설이 무극사신공을 배웠다는 사실에 놀랐으며 명림은 그런 비밀스러운 일을 운설이 아무렇지도 않게 밝힌 것 때문에 놀랐다.

"무극사신공은 주군의 절학이 아닙니까? 설마 그것을 배우셨습니까?"

몽개의 '설마'라는 말이 운설을 하늘 꼭대기까지 우쭐거리게 만들었다.

"제대로 맞혔다! 주군께서 우리들 좌우호법에게만 전수하셨다. 움하하하!"

당황한 명림이 얼른 전음으로 주의를 주었다.

[설아, 그만해.]

운설은 득의양양해서 명림을 쳐다보았다.

"언니, 왜 전음을 하고 그래요?"

화운룡이 몽개와 반옥, 그리고 장하문에게 조용한 목소리로 말했다.

"자네들은 공력이 약해서 아직 무극사신공을 배우지 못한다. 장차 공력이 적정한 수준에 이르면 가르쳐 주겠다."

화운룡은 사신천제의 절학인 무극사신공을 아끼고 싶은 생각이 없다.

몽개와 반옥은 즉시 허리를 굽혔다.

"감사합니다."

화운룡은 명림을 타일렀다.

"림아, 설아를 꾸짖지 마라."

운설이 명림에게 거 보라는 듯이 눈을 부라리는데 화운룡의 말이 이어졌다.

"설아는 원래 단순무식해서 그러는 것이니까 내버려 둬라."

운설의 목에 핏대가 섰다.

'내가 단순 무식해?'

그녀는 자신이 왜 단순무식한지 끝까지 이해하지 못했다.

화운룡의 예상이 맞았다.

통천방의 동태를 살피도록 북쪽으로 보낸 천지당 소속 고수가 보낸 전서구에 자세한 내용이 적혀 있었다.

통천방의 누가 이끌고 있는지는 모르지만 통천방에서 고수들이 줄줄이 나와 남쪽으로 향하고 있으며 그 수가 무려 사천오백여 명에 이른다고 했다.

춘추구패 중에 소삼패인 통천방이 보유하고 있는 고수의

수가 자그마치 육천이라고 했으니까 비룡은월문 공격에 전 세력을 쏟는 것이다.

천지당 고수들은 북경에서 광덕왕을 감시하는 임무도 수행하고 있으나 별다른 움직임은 없다는 전갈이 속속 도착했다.

*   *   *

화운룡 일행이 타고 있는 배는 방향을 돌려서 다시 태주현을 향해 남하했다.

통천방이 총공격을 개시한 것이 분명하므로 비룡은월문으로 돌아가서 거기에 대처를 해야 한다.

"광덕왕은 움직이지 않는 것 같습니다."

화운룡이 최측근들과 삼 층 누각의 탁자에 둘러앉아 있는데 장하문이 진중한 얼굴로 말했다.

통천방의 사천오백여 고수들이 남쪽으로 이동하고 있다는 사실에 장하문과 명림은 물론이고 평소에 웬만한 일로는 눈하나 까딱하지 않는 운설마저도 웃음을 잃었다.

다만 화운룡은 통천방의 사천오백 고수들이 남하하고 있다는 보고를 받기 전이나 받은 후나 표정의 변화가 없으며 행동도 느긋했다.

춘추구패의 통천방이 전 세력을 이끌고 온다는 것은 전쟁을 하자는 뜻이다.

"움직일 거야."

가만히 있던 화운룡이 중얼거렸다.

"광덕왕이 말입니까?"

"그래. 통천패군과 광덕왕의 목적이 다르잖아."

장하문은 심각한 얼굴로 고개를 끄떡였다.

"그렇군요."

통천패군의 목적은 비룡은월문을 괴멸시키는 것이고 광덕왕은 정현왕 주천곤의 죽음이다.

만약 통천방의 사천오백여 고수들만 비룡은월문을 공격하는 것이라면 그들은 주천곤을 비롯한 그의 가족은 신경 쓰지 않을 것이다.

통천방으로서는 하루가 다르게 점점 세력이 커지는 데다 춘추십패라고 무성하게 소문이 돌고 있는 비룡은월문을 괴멸시키는 것이 목적이지만 어떤 면으로는 굳이 그러지 않아도 된다.

비룡은월문은 태주현을 중심으로 삼백 리 일대만을 사수하겠다고 천하에 공표했으므로 아무리 세력이 커지더라도 통천방에겐 위협이 되지 않을 것이기 때문이다.

그런데도 통천방이 비룡은월문을 괴멸시키려는 이유는 평화지대 운운하는 것을 믿지 못하는 것이고, 또한 나날이 세력이 커지고 있는 비룡은월문을 더 커지기 전에 이쯤에서 지리멸렬시켜야겠다고 작정했기 때문이다.

그런 반면에 광덕왕은 무슨 일이 있어도 주천곤을 죽여야지만 안심하고 황위에 오를 수가 있다.

주천곤이 숨을 쉬고 살아 있는 한 광덕왕은 절대로 황위에 오르지 못할 것이다.

황족들이나 고관대작들 대부분이 주천곤을 지지하고 따르는 작금의 상황에서 그를 죽이지 않고 황위에 오른다는 것은 온몸에 기름을 바른 채 불덩이 옆에 앉아 있는 것이나 다를 바가 없는 일이다.

그러니 통천패군보다 광덕왕이 훨씬 더 조급한 것이다.

화운룡은 비룡은월문에 돌아와서 제일 먼저 태주현에 사는 모든 백성들을 소개(疏開)시키라고 명령했다.

통천방과 광덕왕이 비룡은월문을 공격하는 것 때문에 애꿎은 태주현 백성들이 피해를 입는 일이 일어나선 안 된다는 생각에서다.

그는 무림인끼리의 이 싸움이 언제라도 전쟁으로 번질 가능성이 있다고 예상했다.

태주현 백성들을 모조리 다른 마을로 내보내는 일이 헛수고가 될지 모르지만, 만약 태주현에서 전쟁이 벌어진다면 죄

없고 약한 백성들이 부지기수로 죽거나 다칠 것이다.

전쟁이 벌어지지 않아서 백성들을 소개시킨 일이 헛수고가 되기를 바라는 마음이다.

태주현을 관장하는 관리인 현감(縣監)은 비룡은월문의 수하라고 해도 지나친 말이 아닐 정도로 평소에 물심양면으로 도움을 받고 있는 처지라서, 백성들을 전원 소개시키라는 화운룡의 명령을 즉각 실행했다.

화운룡은 옥봉, 자봉, 그리고 최측근들과 함께 용황락 후원 쪽에 있는 원종각으로 향했다.

원종과 부인 초홍이 화운룡을 오늘 저녁 식사에 초대했기 때문인데 처음 있는 일이다.

화운룡은 통천방과 광덕왕의 총공격으로 뒤숭숭한 상황인데도 원종의 식사 초대를 거절하지 않았다.

원종은 요즘 그동안 자신이 관여했던 모든 일을 훌훌 벗어던지고 아내 초홍과 같이 집안일을 하거나 산책, 그리고 손주들을 돌보는 일로 소일하고 있다.

화운룡은 그가 가족과 함께 편하게 살 수 있도록 아무런 일거리도 주지 않고 내버려 두었다.

원종은 가족과 함께 지내는 일이 무엇과도 바꿀 수 없을 정도로 행복하다는 사실을 요즘 들어서야 깨닫고 한시도 가족에게서 떨어지지 않으려고 한다.

화운룡은 과거로 회귀를 하여 두 번째 인생을 살지만 원종은 회귀하지 않고서도 두 번째 인생을 만끽하고 있었다.

그렇기 때문에 원종은 요즘 세상이 어떻게 돌아가는지, 화운룡과 비룡은월문이 어떤 상황인지 전혀 모르고 있으며 알고 싶지도 않았다.

오늘은 특별히 몽개와 반옥, 부윤발도 함께 가고 있었다.

부윤발은 그날 이후 혼자 운룡재의 객실에 들어와서 지내며 가족들을 기다리고 있는 중이다.

그는 화운룡 주위에 있는 많은 사람들 중에서 유일하게 화운룡과 친구로 지내는 사이다.

부윤발은 화운룡 주위의 사람들 중에서 무공이 가장 약하고 또 신분이 가장 별 볼 일 없다.

그런데도 화운룡은 과거의 정리 하나만 보고서 그를 스스럼없이 친구로 대했다. 그거 하나만 봐도 그의 인품을 짐작할 수가 있다.

부윤발은 시간이 지날수록 화운룡이 예전하고는 비교할 수도 없을 정도로 어마어마한 존재가 되었으며 예전에 자신이 알던 그가 아니라는 사실을 깨닫게 되어, 부담감이 이만저만하지 않았다.

그런 반면에 예전에는 알지 못했던 화운룡의 또 다른 일면

들을 발견하여 새삼 기껍고도 놀라워하고 있다.

부윤발은 화운룡과 나란히 걸어가고 있는 두 소녀가 누군지 몹시 궁금했다.

화운룡의 좌우호법과 몽개, 반옥은 모두 뒤에서 따르고 있지만 부윤발은 친구이기 때문에 화운룡의 오른쪽에서 나란히 걷고, 왼쪽에는 옥봉과 자봉이 걸어가고 있다.

부윤발은 아까 운룡재에서 나오다가 옥봉과 자봉을 처음 보고는, 그녀들이 너무도 아름다울 뿐만 아니라 지상에 사는 인간이 아닌 것 같은 고매한 기품을 지니고 있어서 기절할 정도로 놀랐다.

옥봉이 화운룡을 '용공'이라 부르고 화운룡은 그녀를 '봉애'라고 부르는 호칭만 들었을 뿐 그녀들이 화운룡과 무슨 관계인지도 모른다.

원종각에 도착하자 전각 입구에 나와서 기다리고 있던 원종이 공손히 허리를 굽혀 화운룡과 옥봉을 맞이했다.

"어서 오십시오, 주인님."

원종은 예전 만공상판 시절의 화려하고 깔끔한 옷차림하고는 많이 달라진 모습이다.

품이 넓은 헐렁하고 평범한 무명옷을 입었으며 예전의 경직되고 긴장된 모습은 간데없이 이웃집 아저씨처럼 푸근한 인상으로 변했다.

"잘 있었나?"

원종은 싱글벙글했다.

"요즘은 하루하루가 천국에서 사는 것 같습니다. 다 주인님 은혜입니다."

원종은 운설과 명림, 몽개, 반옥 등과도 눈인사를 나누고 화운룡을 안으로 안내했다.

"드시지요."

부윤발은 화운룡의 측근들이 그를 주군이라고 부르는 호칭만 들었는데 주인님이라는 호칭은 처음 들었다. 그로 미루어 봤을 때 원종은 화운룡의 종이라는 얘기다.

원종의 아내 초홍과 며느리 심정, 아들 동오는 두 개의 커다랗고 둥근 탁자에 요리를 가득 차려놓고 나란히 서서 화운룡을 기다리고 있었다.

"어서 오세요, 주인님."

원종이 화운룡을 주인님이라고 부르니까 아내와 자식들도 자연스럽게 그렇게 불렀다.

그러지 말라고 해도 한사코 그러는 데에는 화운룡도 어쩔 수가 없어서 포기했다.

모두들 탁자 둘레에 앉고 있을 때 장하문과 백진정, 모친 장자연이 급하게 들어섰다.

"늦어서 죄송합니다, 주군."

장자연이 화운룡을 발견하고 다가오며 미소 지었다.

"내가 꼼지락거리느라 늦은 것이니까 하룡을 탓하지 마라, 자룡아."

화운룡은 환하게 웃으면서 다가가 장자연의 두 손을 다정하게 잡았다.

"하하하! 잘 알겠습니다, 어머니."

화운룡이 두 번 장자연을 치료하여 체질을 개선해 주었으며 두 차례 진기를 주입해 주었기에 지금의 그녀는 펄펄 기운이 넘치는 데다 외모도 오십 대로 보였다.

장자연은 오랜만에 화운룡을 만나 너무도 반가워서 그의 손을 놓지 않았다.

원종과 초홍이 장자연을 맞이했다.

"어서 오십시오, 대부인."

일전에 장하문의 숙소인 신기전에서의 식사에 장자연이 화운룡을 초대했는데 그가 원종 가족을 데리고 갔었으며 그때부터 장자연과 원종 가족이 친해져서 평소에도 하루가 멀다하게 만나고 있다.

"동생은 혈색이 좋아졌구나! 훨씬 예뻐졌어!"

장자연의 칭찬에 초홍은 수줍으면서도 기뻐했다. 두 여자는 나이가 스무 살 차이가 나지만 자매처럼 지내고 있다. 원래 심성이 고운 두 여자는 산전수전 두루 겪은 터라서 서로를 살뜰하게 챙겼다.

아닌 게 아니라 초홍은 처음에 이곳에 왔을 때는 칠십 대 노파 같은 몰골이었는데 지금은 제 나이보다 대여섯 살 젊은 삼십 대 후반으로 보였다.

그녀 역시 화운룡이 체질을 변화시키고 원천진기를 주입해 준 덕분에 새 삶을 살게 됐다.

그때 화운룡에게 가려 있던 옥봉이 앞으로 나서며 장자연에게 인사를 했다.

"오랜만에 뵈어요, 어머니. 그동안 별고 없으셨지요?"

화운룡이 장자연을 어머니처럼 대하기에 옥봉도 그녀를 어머니로 여기고 있다.

장자연은 화들짝 놀라서 얼른 그 자리에 무릎을 꿇고 납작하게 부복했다.

"아이고! 공주님! 소인이 눈이 어두워서 오신 줄 몰랐습니다. 용서하세요……!"

난데없는 소동에 원종을 제외한 가족이 소스라치게 놀라고 부윤발은 흠칫 놀라 자세를 바로 했다.

부윤발은 장자연의 입에서 '공주님'이라는 호칭을 듣는 순간 비룡은월문에 정현왕과 왕부의 가족들이 살고 있다는 사실을 반사적으로 떠올렸다.

옥봉은 이곳 원종각에 처음 오기 때문에 초홍 등은 그녀를 처음 보는 것이고 신분은 더욱 알지 못했다.

장자연이 '공주님'이라고 부르짖으면서 바닥에 납작하게 부복하자 초홍과 원동오, 심정은 혼비백산해서 그 자리에 엎어지듯이 부복했다.

"요… 용서하세요, 공주님……."

화운룡은 나서지 않고 잠자코 있었다. 이 정도는 옥봉이 충분히 해결할 수 있다고 믿기 때문이다.

옥봉이 난감한 얼굴로 조용히 말했다.

"모두 일어나세요."

지난번에도 장자연은 옥봉을 처음 소개받을 때 부복한 채 일어나질 않아서 다들 애를 먹었다.

옥봉이 강수를 두었다.

"일어나지 않으면 저도 같이 교배(交拜: 맞절)를 하겠어요."

장자연과 초홍 등이 깜짝 놀라서 고개를 드는데 옥봉은 정말 무릎을 꿇으려 하고 있다.

"아이고! 공주님! 소인들이 일어나겠습니다……!"

장자연이 소스라치게 놀라서 허둥지둥 일어났다. 공주의 절을 받을 수는 없는 노릇이다.

옥봉은 한 손으로는 장자연의 손을, 다른 손으로는 초홍의 손을 잡았다.

"제 말을 들어보세요."

옥봉의 눈처럼 희고 가녀린 섬섬옥수에 손이 잡힌 장자연과 초홍은 황송해서 어쩔 줄 몰랐다.

옥봉은 다정한 표정으로 말했다.

"여기에 있는 다른 사람들을 보세요. 이들이 저를 볼 때마다 바닥에 엎드린다면 얼마나 번거로울 것이며 저는 또 얼마나 미안하겠어요."

장자연이 황송한 듯 감히 옥봉을 쳐다보지도 못하고 굽실거리며 말했다.

"하늘 같으신 공주님이신데 모든 사람들이 부복하는 것은 당연한 일이지요."

"저는 공주이기 전에 용공의 아내예요. 그러니까 용공을 대하듯 저를 대하면 됩니다."

부윤발은 비로소 옥봉과 화운룡의 관계를 알고는 소스라치게 놀랐다.

'맙소사……'

천하에서 가장 아름다운 미녀라고 단언해도 모자람이 없을 듯한 옥봉이, 그것도 나이보다 훨씬 어려 보이는 어린 그녀가 화운룡의 아내라는 사실을 알게 된 부윤발은 화운룡을 힐끗 쳐다보았다.

'날도둑놈!'이라는 말이 목구멍까지 솟구치는 것을 간신히 참았다.

옥봉의 해맑고 청아한 옥음이 실내를 자늑자늑 울렸다.

"그리고 저는 여러분 모두를 가족이라고 여깁니다. 세상천지에 가족에게 절을 받는 사람은 어디에도 없어요."

부윤발만이 아니고 장자연과 초홍 등은 은혜로움의 소나기를 맞은 것 같은 표정을 지었다.

자신들처럼 하찮은 존재가 대명제국의 공주와 가족이라니 그저 감읍할 따름이다.

옥봉이 마지막 못을 박았다.

"이제부터 저에게 절을 하는 사람하고는 말을 하지 않을 생각이에요."

그녀는 화운룡을 바라보며 다정하게 말했다.

"용공도 그러실 거죠?"

화운룡은 빙그레 미소 지었다.

"그렇게 하지."

옥봉이 두 여자의 손을 놓고서 이번에는 자봉의 손을 잡고 모두에게 소개했다.

"이분은 주자봉이고 광덕왕의 따님이에요. 봉령공주(鳳玲公主)라고 하며 저의 사촌 언니예요."

장자연과 조홍 등이 화들짝 놀라서 황급히 부복하려는데 자봉이 또랑또랑하게 말했다.

"저도 옥봉과 같은 생각이에요."

화운룡이 고개를 끄떡였다.

"나도 같은 생각이야."

자봉은 자신에게도 부복을 하면 마주 교배를 하겠다고 아
예 대못을 박았다.

第三章

백암명계(白巖冥界)

저녁 식사에 술자리가 겸해서 무르익었다.

화운룡은 두 개의 탁자에 둘러앉은 모두에게 자신의 오른쪽에 앉은 부윤발을 소개했다.

"내 친구 부윤발이오. 다들 잘 부탁하오."

얼음처럼 딱딱하게 얼어붙은 부윤발이 벌떡 일어나서 꾸벅 허리를 굽혔다.

"부윤발입니다! 많이 부족하지만 열심히 노력하겠습니다!"

경직된 목소리로 얼마나 크게 외치는지 사람들이 깜짝 놀랐다가 웃음을 터뜨렸다.

부윤발은 부끄러워서 어쩔 줄을 몰랐다.

얼큰하게 취기가 오른 장하문이 화운룡에게 물었다.

"주군의 친구라면 우리가 어떻게 대하면 되는 겁니까?"

화운룡은 대답 대신 부윤발에게 물었다.

"부 형, 몇 살이오?"

"서른두 살이오."

화운룡은 장하문부터 좌중의 사람들을 일일이 한 명씩 가리키며 설명했다.

"하룡 저 친구는 올해 스물여섯 살이 됐으며, 여기 운설도 스물여섯 살이고, 명림은 서른여섯 살, 몽개는 마흔여섯 살, 반옥은 마흔세 살, 저기 진정은 스물두 살이오."

화운룡은 부윤발에게 넌지시 물었다.

"부 형은 몇 살까지 친구가 가능하오?"

여기에서 부윤발의 두둑한 배짱이 또다시 나왔다. 그는 어깨를 펴고 당당하게 말했다.

"위로 스무 살, 아래로 열 살까지 가능하오."

좌중에서 호오! 하는 탄성이 흘러나왔다. 부윤발의 배포에 감탄하는 것이다.

화운룡은 고개를 끄떡였다.

"흠, 그렇다면 이제부터 여기에 있는 모두를 친구로 대하면 되겠구료."

부윤발은 힘차게 고개를 끄떡였다.

"그, 그러겠소."

그때 원종이 불쑥 나섰다.

"주인님, 저는 빼주십시오."

"부 형은 위로 스무 살까지 친구로 가능하다고 그랬는데 자넨 스무 살 이상이라서 탈락이야."

원종은 머리를 긁적거렸다.

"그… 렇습니까?"

다들 고개를 젖히고 큰 소리로 웃음을 터뜨렸다.

"핫핫핫핫! 늙는 것도 서러운데 탈락입니까?"

"아하하하! 천하의 만공상판 체면이 말이 아니구나!"

부윤발은 평범한 옷차림에 시골의 촌로 같은 행색인 원종이 백무신 중 한 명이고 무림에 대명이 쟁쟁한 만공상판이라는 사실에 크게 놀랐다.

화운룡이 아직도 서 있는 부윤발을 앉히고 그가 궁금하게 여기고 있는 내용을 넌지시 말했다.

"개방 제자들이 부 형 가족 스물네 명을 모두 찾아냈으며 본 문의 천지당 수하들이 가족들을 해룡상단의 상선에 태워서 이곳으로 데려오고 있는 중이라니까 염려하지 마시오."

"아… 그렇소?"

부윤발은 혼인을 하여 아이가 둘인데 통천방이 있는 홍택

호 근처 사양현 외곽에 살고 있었다.

또한 부윤발은 자신이 통천방을 배신한 것 때문에 화가 부모와 형제들에게도 미칠 것이 두려워서 그들을 모두 데려오기를 원했는데, 전부 스물네 명이나 되는 대가족이었다.

그는 스물네 명이 사는 곳과 이름을 화운룡에게 적어주면서도 그들을 다 데려오기는 어려울 것이라고 생각했다.

그런데 그들을 한 명도 빠짐없이 다 찾아서 배에 태워 데려오고 있다니까 크게 안심이 되고, 또 화운룡에게 고마운 마음이 이만저만하지 않았다.

"부 형은 이제부터 무슨 일을 하고 싶소?"

화운룡의 물음에 부윤발은 쉽게 대답하지 못했다. 자신은 그저 일 년여 전에 태주현에 분타를 만들라는 명령을 받고 내려왔다가 화운룡을 만나 한 달 남짓 지내면서 친분을 쌓은 것이 전부일 뿐이다.

그런데 화운룡이 그것을 소중하게 여겨 이토록 두텁고도 후하게 대접을 하니 그저 고마울 따름이다.

부윤발이 화운룡을 각별하게 생각했기 때문에 시간이 더 많았으면 절친한 벗이 될 수도 있을 것이라고 기대했지만 그것은 어디까지나 부윤발 자신만의 생각일 줄만 알았다.

"부 형 소원이 무엇이오?"

화운룡이 한 걸음 더 나아가서 물었다.

부윤발은 깜짝 놀랐다.

"소원 말이오?"

"그렇소. 사람이라면 누구나 소원이 있지 않소?"

"내 소원은……."

부윤발은 꼭 이루고 싶은 소원이 하나 있었다.

아니, 그것은 그 혼자만의 소원이 아니라 그의 아내와 부모, 형제 모두가 간절하게 염원하고 있는, 말하자면 가족 모두의 소원이다.

하지만 부윤발은 말하지 않았다. 말할 수가 없기 때문이다. 화운룡이라면 그 소원을 아주 쉽게 들어줄 수 있는 위치에 있지만 부윤발이 자신의 소원을 들어달라 말하는 것은 너무 염치가 없기 때문이다.

"없소."

"소원이 없다는 말이오?"

부윤발은 어색하게 웃었다.

"그렇소. 그러니까 문주는 신경 쓰지 마시오."

그는 화운룡에게 부탁을 하여 이제부터 비룡은월문의 적당한 하급 지위 같은 것에 임명되어 평범하게 살아가면 되리라고 마음먹었다.

또한 가족들은 태주현에 자리를 잡고 여태까지처럼 살아가면 될 일이다.

장하문이나 운설, 명림 등은 지금처럼 급박한 상황에 화운룡이 원종 부부의 식사 초대에 응해 저녁 식사를 하면서 한가하게 부윤발의 소원이 뭐냐고 묻는 것에 대해서 조금도 이상하게 생각하거나 초조하지 않았다.

　화운룡이 지금 이 자리에서 식사를 하며 통천방과 광덕왕의 총공격에 대응하기 위해서 구상을 하고 있든, 아니면 구상 같은 것은 아예 하지 않고 그저 이 분위기를 즐기고 있든 그것 역시 신경 쓰지 않았다.

　무조건 전적으로 화운룡을 믿기 때문에 통천방이든 광덕왕이든 아예 걱정 자체를 하지 않는 것이다.

　화운룡이 누군가. 십절무황이고 천성제기 아닌가.

　그럴 리가 없겠지만, 만에 하나 화운룡이 도저히 방법이 없으니까 다 같이 죽을 수밖에 없겠다고 한다면 장하문과 운설, 명림 등은 기꺼이 그렇게 할 수 있다.

　생사를 함께하는 것, 그것이 바로 진정한 가족이며 형제이기 때문이다.

　화운룡이 원종의 저녁 식사 초대에 응했으면 다 그럴 만한 이유가 있고, 부윤발의 소원이 무엇이냐고 묻는다면 그 정도로 여유가 있다는 뜻이라고 생각하면 되는 일이다.

　부윤발에게 화운룡 옆자리를 내준 좌호법 운설이 젓가락으로 그릇을 가볍게 두드렸다.

"주군의 새로운 친구분에게 혹시 고문을 가한다면 소원을 말씀하실까나?"

언제나 거침없는 운설은 화운룡의 친구인 부윤발이라고 해서 봐주는 게 없다.

운설은 지난번에 태주현 주루에서 부윤발에게 그의 가족에 대해서 알아낼 때도 위협을 가했던 전력이 있다.

부윤발이 슬쩍 쳐다보자 화운룡은 옥봉이 따라주는 술을 받느라 딴청을 부리고 있다.

운설이 젓가락을 내려놓았다.

딸깍…….

"내가 일단 손을 쓰면 끝장을 본다는 거 다들 잘 알지? 주군 친구분께선 과연 잘 견뎌내실지 모르겠군."

부윤발이 식겁해서 다급하게 소리쳤다.

"내, 내 소원은 농사짓는 거요!"

딴청을 부리고 있던 화운룡이 그제야 술잔을 쥐고 부윤발을 쳐다보았다.

"농사라고 했소?"

"그렇소. 우리 집안은 대대로 화전민으로 살면서 찢어지게 가난했었는데… 아버지는 우리 땅에 농사를 지어서 거기에서 나오는 소출로 배불리 먹고 사는 것이 소원이라고 늘 입버릇처럼 말하셨소."

그건 이 땅에서 살아가는 절대다수의 백성들이 간절하게 원하는 바다. 자신 소유의 전답에서 농사를 짓고 사는 사람이 거의 없으며 대부분 소작농이기 때문이다.

그런데 무림인인 부윤발이 농사가 소원이라고 말할 줄은 예상하지 못했다.

"아버지의 소원은 형제들에게 이어졌고 나도 자연스럽게 그런 소원을 품게 됐소."

"말씀 중에 죄송합니다만……."

그때 맞은편에 앉은 원종 아내 초홍이 말을 끊었다.

초홍은 조심스럽게 말했다.

"우리가 올봄부터 농사를 지으려고 해서 논과 밭을 봐둔 게 있는데 우리와 같이 농사를 지으시면 어떨까 해요."

부윤발은 쭈뼛거렸다.

"논과 밭을 나누어주신다는 말씀입니까?"

원종이 조금 딱딱한 어조로 설명했다.

"비룡은월문이 지어지기 전에 원래 이 섬 전체가 논과 밭이었습니다."

원종은 부윤발이 화운룡의 친구라서 최대한 예의를 지켰다. 만공상판이었을 때라면 부윤발 같은 사람에게 어림 반 푼어치도 없는 일이다.

"비룡은월문 성의 동문(東門)을 나가면 너른 들판으로 이루어진 외성이 나오고 그곳이 전부 논과 밭인데 현재 농사짓는 사람이 아무도 없습니다."

부윤발이 조심스럽게 물었다.

"논밭이 얼마나 됩니까?"

원종은 턱을 쓰다듬었다.

"정확하게 재보지는 않았지만 대략 삼십만 평쯤 되는 것 같았습니다."

매사에 철두철미한 장하문이 정정해 주었다.

"정확하게는 삼십칠만 평입니다. 작년까지 이 섬에 살던 사람들이 농사를 지었던 논밭이며 퇴적토이기 때문에 매우 기름지다는 말을 들었습니다."

"아⋯⋯."

부윤발은 입을 크게 벌리고 낮은 탄성만 흘릴 뿐 아무 말도 하지 못했다. 설마 그렇게 거대한 논밭이 비룡은월문 내에 있을 줄은 상상도 하지 못했다.

"우리가 농사를 짓고 싶다고 말씀드리니까 주인님께서 그곳을 주셨습니다. 우린 심심풀이로 올봄부터 천 평 정도에 농사를 지을 계획입니다."

부윤발은 농사를 지어본 적이 없어서 삼십칠만 평의 논밭이 도대체 어느 정도 규모인지 짐작조차 되지 않았다.

하지만 웬만한 규모의 장원 한 채를 짓는 데 천 평 정도가 필요하니까 삼십칠만 평이라면 그런 장원을 삼백칠십 채를 지을 수가 있으니 얼마나 넓은지, 아니, 광대무변한지 미루어 짐작이 가능하다.

원종이 말을 이었다.

"동태하강에서 끌어온 수로를 통해서 인공 호수 다섯 개가 흩어져 있으며 전체 논밭 사이에 길이 잘 닦여 있고 수로들이 거미줄처럼 연결되어 있으므로 농사짓는 데 어려움을 없을 것입니다."

화운룡은 그들끼리 해결하라고 잠자코 술만 마셨다.

"얼마나 필요하십니까?"

원종의 물음에 농사에 대해서 모르는 부윤발은 우물거렸다.

"글쎄요. 약 십만 평 정도……."

원종이 여전히 딱딱하게 말했다.

"십만 평을 경작하려면 최소 수백 명의 농사꾼들이 필요할 겁니다."

원종은 세상천지에서 오로지 화운룡에게만 공손하다. 부윤발에게 존대는 하고 있지만 딱딱한 어조라서 마치 돌멩이를 던지는 것 같다.

부윤발은 얼른 계산해 보고 나서 어색하게 웃었다.

"그럼 만 평으로 하겠습니다."

올봄부터 농사를 지으려고 이것저것 많이 알아본 원종이

다시 딴죽을 걸었다.

"그렇다면 소작인을 쓰십시오."

부윤발이 정중하게 물었다.

"그렇다면 몇 평이 적당합니까?"

"삼천 평 정도로 시작하십시오. 그랬다가 조금씩 늘려가는 것이 좋을 겁니다."

"그러겠습니다."

장하문이 덧붙였다.

"부 공(公)께서 원하시면 외성 논밭 적당한 장소에 장원을 지어드리겠습니다."

부윤발은 화들짝 놀랐다.

"장원… 을 말입니까?"

"앞으로 생길 후손들을 위해서 백 명 정도가 넉넉하게 생활할 수 있는 규모면 어떻겠습니까?"

"하아……."

부윤발은 갑자기 눈물이 차올랐다. 염치가 없어서 화운룡에게 소원을 말하지 않으려고 했는데 막상 소원을 말하니까 이렇게 일사천리로, 상상했던 것보다 백 배, 아니, 천 배 이상 훌륭하게 해결이 됐다.

아내와 부모님, 그리고 형제, 가족들이 도착하여 이 소식을 듣게 된다면 얼마나 기뻐할지 상상하니까 참을 수 없이 눈물이 솟구쳤다.

"문주… 나는……."

부윤발은 일어나서 화운룡을 보며 걷잡을 수 없이 눈물을 흘리며 말을 잇지 못했다.

화운룡이 빙그레 미소를 지었다.

"부 형도 내게 호형(呼兄)하지 않겠소?"

부윤발은 눈물범벅에 제정신이 아닌 상태로 중얼거렸다.

"화 형……."

화운룡은 환하게 웃으며 부윤발의 손을 잡고 앉혔다.

"그러면 됐소."

이어서 화운룡이 맞은편 초홍 옆에 앉아 있는 장자연을 바라보았다.

"어머니."

장자연은 자상한 미소를 지었다.

"왜 그러느냐?"

"조만간 하룡과 진정을 혼인시켜야겠습니다. 어머니께서 허락해 주십시오."

"네에?"

"아……."

장자연보다도 그녀의 좌우에 앉아 있던 장하문과 백진정이 더 놀랐다.

"주군……."

"혼인하기 싫으냐?"

"아… 닙니다."

화운룡의 물음에 장하문은 얼굴을 붉히면서 더듬거렸고 백진정은 깊이 고개를 숙였다.

장자연이 엄숙하게 말했다.

"너희 두 사람은 지금도 신기전에서 부부처럼 생활하고 있다마는 아무래도 정식 혼인을 하고 나서 부부처럼 지내는 것이 남들 보기에도 좋지 않겠느냐?"

"어… 어머니……."

사실 백진정은 거의 매일 장하문의 거처인 신기전에서 살다시피 하고 있다. 말하자면 동거인데 부부나 다름이 없다.

화운룡이 가볍게 혀를 찼다.

"쯧쯧쯧… 하룡, 그렇게 혼인이 하고 싶었으면 진작 말하지 그랬느냐?"

"주군……."

장하문과 백진정은 부끄러움에 아무 말도 못하고 이마가 탁자에 닿을 정도로 깊이 숙였다.

화운룡은 이번에는 나란히 앉아 있는 몽개와 반옥에게 시선을 주었다.

"설마 너희 둘도 깊은 관계는 아니겠지?"

몽개와 반옥은 화들짝 놀라더니 곧 몽개가 깊숙이 고개를 숙였다.

"죄… 송합니다."

반옥은 허둥거리면서 어쩔 줄을 몰랐다.

화운룡은 몽개와 반옥도 이미 선을 넘었다는 사실을 짐작하고 어이없는 표정을 지었다.

"허어… 말세로다. 견지아조(堅持雅操)라 했거늘 하늘이 부끄럽도다."

이럴 때의 그는 영락없는 팔십사 세 노인네다. 견지아조란 맑은 절개와 지조를 굳게 지킨다는 뜻이다.

운설이 아미를 살짝 찌푸리며 종일기렸다.

"요즘 세상에 누가 고리타분하게 견지아조 타령이에요?"

화살이 운설에게 향했다.

"그럼 설아, 너도 전남편 임용하고 혼인하기 전에 관계를 했었느냐?"

운설은 살짝 당황했으나 지지 않고 항변했다.

"그게 뭐가 어떻다는 건가요? 요즘 세상에 사랑하는 사이면서도 혼인할 때까지 참고 있는 바보 멍청이가 어디에 있다는 말인가요?"

옥봉이 다소곳이 고개를 숙였다.

"미안해요, 좌호법. 그 바보 멍청이가 여기에 있군요."

"아……."

화운룡보다 옥봉을 훨씬 더 어려워하는 운설은 화들짝 놀라 앉은 자리에서 펄쩍 뛸 정도로 당황했다. 그녀는 얼른 일어나 허리를 굽혔다.

"용서하십시오, 주모……."

"제 생각에는 아직도 세상에 견지아조하는 바보 멍청이가 많이 있을 것 같군요."

말을 하고 옥봉이 좌중을 둘러보자 대부분 사람들이 얼굴을 붉히면서 고개를 숙이는데 그러지 않는 사람은 화운룡과 옥봉, 자봉, 명림뿐이다.

그렇다면 네 사람을 제외한 다른 사람들은 모두 혼인 전에 깊은 관계를 가졌다는 뜻이다.

화운룡은 낮게 헛기침을 해서 옥봉 때문에 어색해진 분위기를 깨려 했다.

"험! 험! 그래서 원종 자네에게 몽개와 반옥의 혼인을 허락받으려는 걸세."

몽개와 반옥은 화들짝 놀랐다.

"주… 주군……."

화운룡이 두 사람에게 물었다.

"혼인하기 싫은 것이냐?"

두 사람이 고개를 숙이며 합창했다.

"아닙니다."

원종은 손사래를 쳤다.

"반옥은 이미 주인님 수하이고 몽개는 소인의 의제이기는 하지만, 그 전에 주인님 수하이니 두 사람의 혼인은 제가 결정할 일이 아닙니다."

그는 아직도 부끄러움에 얼굴을 들지 못하고 있는 몽개와 반옥을 쳐다보았다.

"그러나 몽개와 반옥이 나이가 많으니 후손을 보려면 서둘러서 혼인시키는 것이 좋겠습니다."

원종은 자신의 말에 반옥이 움찔 몸을 떨며 더욱 당황하는 것을 보고는 뭔가 짚이는 것이 있어서 가볍게 이이없는 표정을 지었다.

"옥아, 너 설마 임신했느냐?"

"……"

반옥은 대답하지 못하고 고개를 숙이다가 이마가 요리 그릇에 부딪쳤다.

사람들의 시선이 일제히 몽개에게 집중됐다. 사십오 세의 몽개가 사십삼 세의 반옥을 임신시켰으니 대단한 능력에 놀란 것이다.

"몽개, 너 어떻게 한 것이냐?"

원종의 물음에 몽개는 나쁜 짓을 하다가 들킨 것처럼 얼굴이 벌개져서 횡설수설했다.

"저… 저는 밤낮으로 열심히 한 죄밖에 없습니다."

"뭘 했는데?"

"그… 그게… 밤마다 옥 매하고… 낮에도 틈만 나면 수시로 그걸… 네."

반옥은 머리로 탁자를 뚫고 들어갈 것처럼 부끄러워했다.

장자연이 장하문과 백진정에게 넌지시 한마디 했다.

"너희 잘 들었느냐?"

장하문과 백진정은 고개를 들지 못했다.

"나는 하루빨리 손주를 안아보고 싶구나."

화운룡은 옥봉을 물끄러미 바라보았다.

옥봉은 그의 눈빛에 담긴 의미를 알아차리고 부끄러워서 얼굴을 노을처럼 붉히며 눈을 내리깔았다.

원종각에서 돌아온 화운룡은 몹시 취했으나 기분이 너무 좋아서 공력으로 취기를 몰아내지 않고 그대로 두었다.

침상에 누운 화운룡은 자그마한 옥봉을 자신의 몸 위에 올려놓고 두 손으로 그녀의 얼굴을 부드럽게 감쌌다.

"봉애, 나도 아기를 갖고 싶어."

"용공……."

옥봉은 너무 부끄러워서 눈을 꼭 감았다.

'어머?'

자봉은 화들짝 놀라서 급히 이불을 뒤집어썼다.

바로 옆의 침상에서 화운룡과 옥봉이 사랑을 나누는 소리가 생생하게 들려왔기 때문이다.

자봉은 밤에 혼자 자는 것이 무서워서 비룡은월문에 온 이후 줄곧 옥봉과 같이 잤다.

화운룡이 통천방과 은오루를 상대하느라 외부에 나가 있었기 때문에 가능한 일이었다.

그러나 오늘은 화운룡이 옥봉과 잘 것이기에 자봉은 예전 보진이 사용했던 옆 침상에서 잠을 청했는데 난데없이 이런 상황이 벌어지고 만 것이다.

이불을 뒤집어썼는데도 옆 침상의 소리가 또렷하게 들리자 자봉은 두 손으로 귀를 막았다.

'난 몰라… 어떻게 하면 좋아……'

동이 트기도 전에 북경 비응신에서 보낸 전서응(傳書鷹) 비홍이 운룡재로 날아들었다.

이른 새벽 운룡재 삼 층 서재에 화운룡과 최측근들이 모여 회의를 했다.

화운룡 등이 둘러앉은 탁자 복판에는 비응신이 보낸 서찰이 펼쳐져 있다.

화운룡과 장하문, 운설, 명림은 이미 서찰을 다 읽고 몹시 심각한 표정이다.

"광덕왕이라는 작자 미친 거 아니에요?"

운설이 어이없다는 표정으로 말했다. 그렇게 말할 만했다. 서찰에는 광덕왕이 보낸 군대가 남하를 시작했다는 내용이 적혀 있었기 때문이다.

장하문이 무겁게 중얼거렸다.

"삼만 명의 대군이라니, 광덕왕이 황제를 시해한 것이 분명합니다. 그러지 않고서는 제멋대로 군사를 일으켜 이동할 수 없습니다."

그는 진중한 표정의 화운룡을 보며 말을 이었다.

"더구나 광덕왕의 사병이 아니라 북경을 방위하는 정예 황군입니다."

그가 조심스럽게 물었다.

"주군, 삼만대군의 공격에도 삼라만상대진이 위력을 발휘하겠습니까?"

화운룡이 처음으로 입을 열었다.

"삼라만상대진은 적이 성안으로 침입을 해야지만 위력을 발휘한다."

"그렇다면 성 밖에서 화전(火箭: 불화살)이나 방포(放砲: 포를

쏘는 것)를 하면 곤란하겠군요."

"곤란한 게 아니라 성안이 박살 나겠지. 화전과 포탄은 인간들처럼 생각이 없으니까 말이야."

진(陣)이라는 것은 착시(錯視)와 착각(錯覺)의 산물이다. 인간이나 동물처럼 눈으로 보고 최소한의 생각을 해야지만 진이 위력을 발휘하는 것이다. 그러니까 무생물에게 진은 무용지물이다.

장하문은 서찰을 가리켰다.

"삼만의 군대가 백여 척의 함선(艦船)으로 남하하고 있다는데 분명히 화포(火砲)도 가져올 겁니다."

함선이라면 화포가 장착되어 있을 터이다.

"그러겠지."

서찰에는 광덕왕이 보낸 황궁고수와 동창고수 천여 명이 따로 육로를 통해서 이미 남하를 시작했다고 적혀 있었다.

"얼마나 걸리겠나?"

"통천방은 오 일, 광덕왕의 황궁, 동창고수들은 칠 일. 군대는 보름쯤 걸릴 것 같습니다."

장하문의 말을 듣고 화운룡은 잠시 생각하다가 고개를 끄떡이며 말했다.

"명계(冥界)를 쳐야겠다."

장하문은 자신이 배운 학문 중에서 '명계'라는 말을 들어본 적이 없어서 의아한 표정을 지었다.

"명계가 무엇입니까?"

"본 문이 있는 백암도를 통째로 사라지게 만드는 거야."

"……."

장하문은 어리둥절한 표정을 지었다.

"그럴 수가 있는 겁니까?"

"그래."

"명계는 결계(結界)와 다른 것입니까?"

"다르지."

"어떻게 그게… 가능합니까?"

비룡은월문이 아니라 백암도 전체를 사라지게 한다는 것이니 경악할 일이다.

"가능해."

원래 장하문은 화운룡을 전폭적으로 신뢰하지만 백암도를 통째로 사라지게 만든다는 '명계'라는 것은 너무 엄청난 일이라서 의구심이 생길 수밖에 없었다.

"주군께선 명계라는 것을 펼치신 적이 있으십니까?"

화운룡은 고개를 끄떡였다.

"세 번쯤 해봤다."

명림이 생각난 듯 밝은 미소를 지었다.

"그중에 한 번은 저와 설아도 있었어요."

운설이 고개를 갸웃거렸다.

"나도 있었다고요?"

"낙양에서 마련(魔聯)과 싸울 때 주군께서 북망산을 사라지게 하셨잖아."

"아……."

운설은 기억난 듯 묘한 미소를 지으며 입맛을 다셨다.

"그때 좋았었는데……."

"뭐가 좋았었는데?"

운설은 묘한 미소를 지으며 입맛을 다셨다.

"주군을 내 남자로 만들 뻔했었거든요."

"무슨 말도 안 되는 소리를……."

"정말 그랬다니까요? 주군께서 술이 엄청 취하셨는데 나하고 단둘이 침상에서 자다가……."

"그만해라."

그 당시 기억이 난 화운룡이 점잖게 타일렀다.

운설은 기왕지사 생각난 미래의 신바람 나는 일이라 이 정도에서 그만두는 것이 아쉬워 화운룡의 눈치를 보면서 목소리를 낮추었다.

"그날 밤에 내가 주군하고 같이 자면서……."

운실은 다음 말을 잇지 못하고 처절한 비명을 질렀다.

뻐걱!

"아흑!"

앉아 있다가 턱에 무형지기 일격을 당한 운설은 누운 자세로 허공을 날아가 맞은편 벽에 모질게 부딪쳤다.

장하문은 기억나지 않는 미래의 일이지만 화운룡이 낙양 북쪽에 있는 북망산을 사라지게 했다면 그보다 훨씬 작은 백암도를 능히 사라지게 만들 수 있을 것이라고 믿었다.

운설은 맞은편 벽 아래 바닥에 쓰러져서 바들바들 떨며 애처로운 신음 소리를 냈다.

"아아… 주군… 너무 아파서 죽을 거 같아요…….."

화운룡은 그녀를 거들떠보지도 않고 말했다.

"통천방은 출격해서 괴멸시킨다."

장하문과 명림은 움찔 놀랐고 운설도 신음 소리를 그치고 토끼 눈으로 화운룡을 바라보았다.

화운룡이 덧붙였다.

"황궁고수와 동창고수도 섬멸한다."

비룡은월문은 원래 늘 반년치 식량을 비축해 두는데 이번에는 식량을 더 구해서 일 년치를 비축했다.

그리고 동쪽의 드넓은 외성 한쪽에 임시 축사와 우사 등을 만들어 소와 돼지 등 가축을 수천 마리 사들여서 직접 기르기 시작했다.

화운룡은 조무철이 이끄는 제이검대인 해룡검대를 데리고
비룡은월문 외곽을 빙 둘러서 이십여 곳에 명징물(冥徵物)이라
는 것을 세우기 시작했다.

　명징물들은 이곳 동태하와 백암도의 위치, 밤과 낮의 길이,
삼라만상의 기후와 변화 등을 조절하는 달과 별들 간의 각도,
방향 등을 세밀하게 계산해서 세워지는 것으로 모르긴 해도
당금 천하에서 명계를 펼칠 수 있는 사람은 화운룡 한 사람
뿐일 것이다.

　명징물이라는 것은 백암도 외곽 원래 그 자리에 있는 바위
나 작은 봉우리 따위에 인공적인 손질을 가하여 명징으로 만
드는 것이다.

　거의 한나절 이상 걸려서 백암도 외곽에 정확하게 스물네
군데 명징물을 세운 화운룡은 백암도의 서쪽 끝으로 갔다.

　장하문과 운설, 명림, 그리고 해룡검대주 조무철이 화운룡
의 뒤를 따랐다.

　화운룡은 백암도 서쪽 끝 동태하의 상류를 향한 위치에 곶
처럼 유선형으로 길게 돌출해 있는 끝자락에 있는 하얀색의
뭉툭하고 큰 바위 앞에 멈췄다.

　그 바위는 화운룡이 직접 무황검으로 깨고 깎아서 하나의
기형물로 만들었다.

아마도 세상에는 이 기형물과 조금이라도 닮은 형상도 존재하지 않을 것이다.

그만큼 괴이하게 생긴 기형물인데, 그것이 바로 명징물이라고 하는 것이다.

화운룡은 손을 뻗어 명징물을 만졌다.

"숙부님, 이것은 백암명계(白巖冥界)의 시주물(始主物)로써 가장 중요합니다."

'백암명계'란 백암도에 펼쳐진 명계라는 뜻이다.

화운룡은 조무철이 자신의 수하이기는 하지만 그에게만은 예의를 지켰다. 아버지의 의제이기 때문이다.

조무철은 시주물이라는 것을 보면서 공손히 말했다.

"시주(始主)라는 것은 이 명징물이 백암명계를 시작하는 작용을 한다는 뜻입니까?"

화운룡은 환하게 웃었다.

"그렇습니다. 과연 숙부님께선 총명하십니다."

조무철은 멋쩍게 웃었다.

"주군께서 잘 가르쳐 주신 덕분입니다."

"이것은 아직 완성되지 않았습니다."

스웅······.

화운룡은 어깨의 무황검을 뽑으며 시주물로 가까이 다가가 말했다.

둘레가 십여 장에 이르는 제법 큰 하얀 바위인 시주물에는 괴물의 뿔처럼 뾰족한 돌출물이 팔십여 개나 있다.

그것들 중에 이십사 개는 백암도 외곽에 세워진 이십사 개의 명징물을 향해 있으며 나머지 것들은 하늘의 여러 방향을 가리키고 있다.

스으…….

화운룡은 선 채로 둥실 허공으로 삼 장 정도 떠올라 시주물의 꼭대기에 이르렀다.

이어서 그곳에 선 채 시주물 꼭대기에 뭉툭하게 수직으로 솟은 돌출 부위를 무황검으로 가리켰다.

"이것은 태양을 향할 것입니다."

조무철만이 아니라 장하문과 운설, 명림은 숨도 쉬지 않고 화운룡과 그가 가리킨 돌출 부위를 주시했다.

화운룡은 무황검을 돌출 부위로 향했다.

"이것이 완성되면 백암명계가 발동할 것입니다."

第四章
천상절미(天上絶美)와
천지쌍신(天地雙神)

　돌출 부위 일명 태향첨(太向尖)을 가리키고 있던 무황검이 돌연 눈부시게 움직였다.

　사사사삭…….

　무황검의 움직임은 보이지 않고 번뜩이는 검광이 시주물 꼭대기 부분을 물들였다.

　척!

　화운룡이 무황검을 검실에 꽂고 이번에는 두 손을 태향첨을 향해 뻗었다.

　후우우…….

두 손바닥 장심에서 무극영강이 은은한 금광을 발하면서 태향첨을 향해 뿜어졌다.

무극영강은 무극사신공의 조화천룡수보다 한 단계 위의 초절수법이다.

무극영강이 태향첨의 뾰족한 부위를 현재 태양의 위치에 정확하게 맞추면 백암명계가 발동하게 될 것이다.

화운룡은 지상 삼 장 높이에 우뚝 멈춰 선 상태에서 장심으로 무극영강을 줄줄이 뿜어냈다.

이 수법에는 삼백오십 년 이상의 공력이 있어야 하고 절반 이상의 공력을 소모해야만 가능하다.

화운룡이 솔천사에게 공력을 받지 못했다면 백암명계를 전개하는 일은 불가능했을 것이다.

후오오오…….

쇠가 불에 달구어지는 것처럼 태향첨이 서서히 금빛으로 물들기 시작했다.

그런데 그때 이상한 일이 벌어졌다.

'음?'

그가 태향첨을 향해 두 손을 뻗어 무극영강을 발출하느라 드러난 오른 손목에 차고 있는 천성여의가 뭐라고 설명할 수 없을 징도로 아름답고 영롱한 광채를 뿜어냈다.

그러더니 광채가 순식간에 수십 배나 더 강렬해지면서 태향첨을 향해 폭포수처럼 거세게 뿜어졌다.

화운룡은 움찔했으나 손을 거두지 않고 그대로 있었다.

솔천사는 천성여의를 화운룡의 손목에 채우면서 그것이 천성제의 신물이라고 말했었지만 화운룡은 지금까지 그것의 용도가 무엇인지 전혀 모르고 있었다.

화운룡은 무극영강을 발출하느라 매우 힘들었는데 천성여의에서 광채가 뿜어지면서부터는 무극영강이 저절로 뚝 끊어지며 추호도 힘들지 않았다.

'이것은?'

화운룡은 눈을 빛냈다.

그는 단지 오른손을 뻗고 있을 뿐이지 무극영강이나 공력을 일체 발출하지 않고 있다.

그것을 천성여의가 대신하고 있었다. 아니, 무극영강보다 세 배 이상 강력한 세기의 광채를 발출하고 있는 중이다.

세 배라는 수치를 어떻게 아느냐면 시주물의 태향첨이 무극영강을 발출했을 때보다 세 배 빠르게 영롱한 빛으로 물들고 있었기 때문이다.

화운룡이 놀라고 있는 사이에 태향첨 전체가 완전히 다채로운 빛으로 물들었다가 현재 태양이 떠 있는 서남향의 하늘을 향해 맞추어졌다.

그우우우…….

무생물인 바위 끝이 마치 살아 있는 생물처럼 스스로 움직여 태양을 향한 것이다.

태향첨의 첨극(尖極)이 태양에 정확하게 맞춰진 순간 괴변이 벌어졌다.

그그그우우… 그우웅…….

시주물에 달린 태향첨을 제외한 팔십팔 개의 첨극들이 저절로 움직이며 각자의 방향을 맞추었다.

스물세 개는 백암도 외곽에 세운 명징물을 향해서, 그리고 예순두 개는 하늘의 달과 각 별자리를 향했다.

"아아……."

장하문과 조무철 등은 그 광경을 바라보면서 경이로운 표정을 지었다.

시주물의 태향첨을 비롯한 팔십구 개의 첨극들이 모두 완벽하게 방향을 잡는 순간 두 번째 이변이 일어났다.

드오오오… 와우우웅…….

백암도에서 하늘의 각 방향으로 스물네 줄기 투명한 광채가 뿜어지는가 싶더니 그것에 화답하듯 어느새 드넓은 하늘 여러 방위에서 예순두 개의 광채가 지상으로 내리꽂혀 백암도 외곽의 둘레를 일정한 간격으로 에워쌌다.

지이이잉… 지잉…….

그러고는 투명한 얼음 같은 무형의 막이 백암도와 바깥세상을 완전하게 둘러쳤다.

"아아아······."

"오오······."

장하문 등은 아무 말도 하지 못하고 그저 두리번거리면서 탄성만 흘려낼 뿐이다.

스으······.

이윽고 화운룡이 새털처럼 땅에 내려서 조용히 말했다.

"백암명계가 발동되었다."

화운룡과 최측근들은 백암도를 빠져나와 동태하 아래쪽에서 배를 타고 상류로 거슬러 올랐다.

백암도를 빠져나오는 방법은 비룡은월문 용황락 옥봉루 지하의 암로와 수로를 통해서 동태하 하류 오 리 거리 강가에 있는, 항아장이라는 장원으로 가는 것이다.

백암도에 비룡은월문을 지을 때 항아장을 매입하여 지하통로를 뚫는 공사를 병행했으며 이후 화운룡은 옥봉루 지하통로를 가끔 이용했다.

촤아아······.

잔잔한 물살의 동태하 상류로 향하는 비룡은월문 소유 배의 앞쪽에는 화운룡과 측근들이 서서 전방을 바라보고 있다.

장하문과 조무철은 백암명계가 발동되었다는 사실을 알고

있었지만 설마 정말로 거대한 백암도가 통째로 사라졌을지 궁금하기 짝이 없었다.

서쪽의 강소성과 안휘성의 경계에 있는 거대한 호수 소백호에서 흘러나와 동해로 유입되는 동태하 이 지점에서의 폭은 오십여 장에 이를 정도이고, 백암도에 이르면 오백 장으로 넓어진다.

장하문과 조무철은 동태하 양안(兩岸)의 익숙한 풍경을 보고는 백암도가 가까워졌음을 알고 더욱 긴장했다.

그러나 이쯤에서는 백암도 동쪽 끝자락의 암석군과 그 너머 외성의 성벽이 보일 텐데 아무리 눈을 씻고 찾아봐도 백암도는커녕 백암도 주변에 있는 작은 부속 섬들조차도 눈에 띄지 않았다.

"이거 도대체……."

백암명계가 발동됐다는 사실을 미리 알고 있는 조무철이지만 막상 현실로 드러나자 크게 당황하여 허둥거리면서 실성한 사람처럼 두리번거렸다.

이윽고 백암도가 있었던 수역에 배가 당도하자 강폭은 예나 다름없이 오백여 장으로 넓어졌으나 백암도는 어디에서도 찾을 수가 없었다.

"하아…….

조무철은 두리번거리면서 한숨을 내쉬며 어이없는 표정을

지었다.

쏴아아…….

현재 일행이 탄 배는 몇 시진 전까지만 해도 백암도가 있었던 자리를 지나고 있는 중이다.

배가 백암도가 있던 수역을 완전히 벗어나자 장하문이 찬탄을 터뜨렸다.

"주군! 정말 존경스럽습니다!"

조무철이 화운룡을 보면서 놀라는 표정을 지우지 못한 채 물었다.

"주군, 백암도는 어디로 사라진 겁니까?"

화운룡은 빙그레 미소 지었다.

"그 자리에 그대로 있습니다."

조무철은 믿을 수 없다는 듯 배 뒤쪽을 가리켰다.

"그렇지만 우리는 조금 전에 백암도가 있던 위치를 지나오지 않았습니까?"

"지나온 것 같은 착각일 뿐입니다. 사실은 백암도 옆을 스쳐서 왔지요."

"그… 렇습니까?"

조무철은 백암도가 있었던 위치를 바라보았다.

"그렇지만 만약 배가 직선으로 항해하면 백암도에 부딪치지 않습니까?"

"그런 일은 없습니다. 배들이 백암도를 비껴가도록 공간을 왜곡시켜 놓았습니다."

"공간 왜곡이라니……."

공간 왜곡이라는 것은 조무철로서는 이해할 수 없는 얘기다. 하지만 백암명계가 발동되어 백암도가 통째로 사라진 것만은 분명했다.

배가 다시 방향을 돌려서 하류의 항아장으로 향할 때 화운룡은 조무철에게 당부했다.

"숙부님, 해룡검대에게 백암명계를 맡기겠습니다."

조무철은 화운룡이 해룡검대를 이끌고 성 밖으로 나와서 백암도 외곽을 돌며 도합 스물네 개의 명징물들을 세울 때 이미 어떤 예상을 했었다.

"각 명징물에 대한 설명을 잘 숙지해서 스물네 개를 잘 돌봐주시기 바랍니다."

화운룡은 해룡검대 백오십 명의 손에 비룡은월문의 사활을 맡긴 것이다.

조무철이 굳은 표정으로 조심스럽게 물었다.

"만약 명징물이 파손되면 어떤 일이 벌어집니까?"

"세 개까지는 괜찮습니다. 그러나 네 개가 대파(大破)되면 백암명세가 깨질 것입니다."

"음……."

현재 비룡은월문은 정예고수의 수가 천오백이고 고수 아래 무사가 칠백이며, 그들 모두의 가족이 성내에서 같이 생활하는데 그들까지 모두 합한 수가 육천여 명이다.

"누가 일부러 명징물을 파손하지 않는 한 자연적으로는 절대 깨지지 않고 대파는 더욱 불가능할 것입니다. 그러니까 해룡검대는 스물네 개의 명징물을 철저하게 지키기만 하면 될 것입니다."

조무철은 깊숙이 허리를 굽혔다.

"속하와 백오십 명 해룡검대는 목숨을 걸고 백암명계를 지키겠습니다."

"부탁합니다."

조무철은 화운룡이 뒷짐을 지고 먼 곳을 응시하는 모습을 잠시 바라보다가 용기를 내서 말했다.

"주군, 드릴 말씀이 있습니다."

화운룡이 조무철을 쳐다보았다.

"말씀하십시오."

조무철은 화운룡에게 포권을 하면서 정수리가 바닥에 닿을 정도로 깊숙이 허리를 굽혔다.

"고맙습니다."

화운룡은 얼른 조무철을 부축해서 허리를 펴게 했다.

"이러지 마십시오, 숙부님."

조무철은 허리를 펴고 진심 어린 표정으로 말했다.

"주군께서 우리 형산은월문을 거두지 않으셨다면 지금쯤 어떻게 됐을지 생각하면 아찔합니다."

일 년여 전에 해남비룡문과 형산은월문이 통합해서 비룡은월문이 탄생했다.

그 당시의 형산은월문은 현재 비룡은월문 일개 소검대(小劍隊)에도 미치지 못하는 세력과 영향력이었다.

비룡은월문은 그 당시에 비해 여러 면에서 열 배, 아니, 수십 배 막강해졌지만 문파명에서 '은월'을 떼어내지 않고 여전히 유지하고 있다.

형산은월문을 상징하는 '은월'을 문파명으로 계속 유지하고 있는 점도 조무철로서는 크게 감격하는 부분이다.

비룡은월문이 잘되면 잘될수록 비룡 뒤에 붙은 은월문이라는 이름이 천하에 널리 퍼지는 것이니까 조무철이나 예전 형산은월문 사람들로서는 기꺼울 수밖에 없다.

현재 비룡은월문은 춘추십패의 반열에 오를 만큼 거대하고 막강해진 것만이 아니라 명성 또한 사해를 떨어 울릴 정도가 되었다.

그런 비룡은월문에서 예전 은월문 사람들은 제이검대인 해룡검대와 제오검대인 은월검대의 주축을 이루고 있다.

태주현의 일개 삼류문파의 문주였던 조무철은 화운룡이 생사현관을 타통해 준 덕분에 공력이 일약 백이십 년 수준이 되었으며, 그로 인해서 해룡은월검(海龍銀月劍)이라는 새로운 별호가 생겼고, 강소성 일대에서는 그 별호를 모르는 사람이 거의 없을 정도다.

그뿐인가 조무철의 아들인 조연무와 딸 조숙빈은 비룡은월문에서 가장 빛나는 십칠룡신이라는 신분이다.

조무철이 가끔 자식들을 만나서 대화를 해보면 그들은 화운룡을 신처럼 받들고 있으며 만나서 헤어질 때까지 그에 대한 칭찬을 하느라 입에 침이 마를 지경이었다.

"그럼에도 불구하고 지금껏 주군께 감사하다는 말씀을 드린 적이 없어서 너무 염치가 없었습니다."

화운룡이 조무철의 두 손을 힘주어 잡고 미소를 지었다.

"숙부님, 앞으로도 많이 도와주십시오."

이 정도 위치에 있다면 조금 뻐길 만도 한데 화운룡은 외려 조무철의 손을 잡고 도와달라고 부탁을 하고 있으니 그런 겸손함이 또 조무철의 심금을 울렸다.

그는 다시 허리를 굽힐 수밖에 없었다.

"속하의 목숨은 주군 것입니다."

용황락 내에서 가장 규모가 큰 전각인 무황전 아래층 넓은 연무장에 비룡은월문의 내로라하는 인물들이 집결해 있다.

용황락 무황전은 원래 화운룡의 측근들이 연무장으로 사용하는 곳이다.

앞쪽 단상의 의자에는 백의 경장을 산뜻하게 입은 화운룡이 앉아 있으며 좌우에는 좌우호법 운설과 명림, 그리고 장하문이 서 있다.

단하 앞쪽에 총관 백청명과 총대주 당평원이 단상을 향해 서 있으며, 그들 뒤에 비룡은월문 휘하 제일검대 비룡검대에서 제십일검대 용설운검대까지 해룡검대를 제외한 각 검대주와 부검대주들이 질서 있게 늘어서 있다.

실내의 분위기는 엄숙하다 못해서 질식할 것처럼 무겁게 가라앉았다.

화운룡의 명령으로 태주현에 거주하고 있는 수십만에 달하는 백성들을 모두 타 지역으로 소개시키는가 하면 비룡은월문을 완전히 봉쇄하여 어느 누구도 출입하지 못하도록 엄명이 내려졌기 때문에, 성내의 모든 사람들은 이미 심상치 않은 분위기를 감지하고 있었다.

그리고 오늘 이 자리에서 그 이유가 무엇인지 밝혀질 것이다.

화운룡이 가볍게 고개를 끄떡였다.

"시작하게."

장하문이 앞으로 세 걸음 걸어가다가 멈추고 엄숙한 얼굴로 좌중을 한차례 쓸어보고는 말문을 열었다.

"통천패군이 전 세력 사천오백 명을 이끌고 본 문을 공격하러 오고 있습니다."

'통천패군'과 '사천오백 명'이라는 말에 실내의 사람들은 움찔 놀라는 표정을 지었다.

그러나 단지 그것뿐 추호도 당황하거나 겁을 먹은 사람은 아무도 없다.

오히려 가소롭다거나 손이 근질거린다는 표정을 짓는 사람이 대부분이었다.

장하문은 간부급들이 그런 반응을 보일 것이라고 미리 짐작하고 있었다.

화운룡이 창안한 비룡은월문의 절학 비룡육절은 무림의 그 어떤 무공하고 비교해도 단연 첫손가락에 꼽을 정도로 극강하고 탁월하다.

그런 비룡육절을 비룡은월문의 전원이 매일 밤낮없이 극한으로 무공 연마에 비지땀을 쏟고 있으므로, 타 방파나 문파에 비해서 무공의 성취도가 두세 배 이상 빠를 수밖에 없다.

그런데다 지난 일 년여 동안 꽤 많은 실전에서 승리를 거둔 덕분에 자신감이 하늘을 찌를 정도로 드높아졌다.

"광덕왕이 삼만 대군을 보냈습니다. 또한 천 명의 황궁고수와 동창고수들도 남하하고 있습니다."

이번에도 다들 적잖이 놀라는 표정을 잠시 동안 지었지만 그게 전부다. 곧 평정을 되찾았다.

장하문은 미리 준비한 것처럼 설명을 이었다.

"주군께서 본 문을 포함한 백암도 전체에 명계라는 신의 진법 같은 것을 펼치셨습니다."

비룡은월문 사람들은 화운룡이나 장하문 등 상전이 질문을 하라고 허락하기 전에는 절대로 하지 않는다. 명계가 무엇인지 아무리 궁금해도 말이다.

"백암명계라고 명명한 그것이 전개된 현재, 외부에서는 백암도는 물론이고 본 문이 추호도 보이지 않습니다. 한마디로 백암도가 사라진 것입니다."

좌중에서 나직한 탄성이 흘러나왔다. 이번에는 모두의 얼굴에 '그게 가능합니까?'라는 표정이 떠올랐다. 그리고 그 대답을 장하문이 해주었다.

"주군과 나, 그리고 좌우호법과 해룡검대주가 직접 외부로 나가서 배를 타고 면밀하게 확인했습니다. 그 결과 정말 백암도는 사라졌습니다."

장하문이 엄청난 말을 했는데도 실내에는 술렁거림 같은 것은 일어나지 않았다.

단지 모두들 눈을 크게 뜨고 입을 벌려 놀라는 표정을 지었을 뿐 아무 말도 하지 않았다.

그러나 그런 현상 역시 잠시 후에는 사라졌다. 화운룡이 어떤 사람인지 다들 잘 알고 있기 때문이다.

여기에 있는 사람들은 화운룡이 그 어떤 기적을 행하더라도 놀랄지언정 결국은 믿는다.

"주군께서 결정하셨습니다. 통천패군과 사천오백 고수, 그리고 광덕왕이 보낸 천 명의 황궁고수와 동창고수를 모조리 섬멸하기로 말입니다."

                    *   *   *

그러자 처음으로 사람들이 동요했다.

"아……."

"오오……."

그러나 그것은 절대로 두려움 같은 것이 아니라 활활 불타오르는 전의(戰意)다. 이를테면 누구든지 덤비라는 의기충천(義氣衝天)이다.

여기에 있는 모두는 이미 오래전부터 만반의 싸울 준비가 되어 있었다.

"각 검대는 이십 명씩 선발하여 열 명을 총관에게, 그리고 열 명을 총대주의 휘하에 보내십시오."

각 검대는 백 명에서 백오십 명까지의 검사들을 보유하고 있으므로 이십 명을 총관과 총대주에게 보내더라도 전력에 큰 차질은 없다.

"총관과 총당주께선 그들로 직속 휘하 검대를 만드십시오. 일시적인 것이 아니라 이후 그들이 총관과 총대주의 수하가 될 것입니다."

원래 총관은 삼십 명, 총대주는 사십 명의 측근 호위대를 거느리고 있었다.

"명을 받듭니다."

총관 백청명과 총대주 당평원이 고개를 숙였다. 이것은 장하문이 아닌 화운룡의 명령이기 때문이다.

장하문은 백청명에게 지시했다.

"총관께선 본 문을 지키십시오."

백청명은 흠칫했다. 자신도 싸우러 가는 줄 알고 잔뜩 기대했다가 실망하는 표정이 얼굴에 역력하게 떠올랐다. 그러나 이것은 주군의 명이며 하늘의 명이다. 그는 곧 고개를 숙이며 복종했다.

"명을 받듭니다."

"명이 있을 때까지 비룡은월문 전원의 출입을 통제하십시오. 또한 해룡검대가 백암도 전체에 펼친 백암명계를 관리하기 위해서 성에 남을 겁니다. 그들을 지휘하십시오."

"알겠습니다."

"총대주께서는 직속검대와 열 개의 검대를 총지휘하시어 주군을 따라 통천방과 광덕왕 격멸에 나설 것입니다."

총대주 당평원은 움찔 놀랐다가 환한 미소를 지으며 깊숙이 허리를 굽혔다.

"명을 받듭니다!"

당평원은 기쁨과 흥분으로 가슴이 마구 뛰는 것을 겨우 억제했다.

장하문이 최종적으로 말했다.

"오늘 밤 해시에 출발합니다. 긴 여행이 될 테니까 철저하게 준비하도록 하십시오."

비룡은월문 총 십일검대 중에서 해룡검대만을 제외한 열개 검대가 총출동한 경우는 한 번도 없었다.

드디어 출사표가 던져졌다.

반시진 후, 화운룡은 운룡재 일 층 연무장으로 왔다.

그의 앞에는 장하문을 포함한 십육룡신과 호법대 열두 명이 늘어서 있고 옆에는 운설과 명림, 홍예와 건곤쌍쾌가 나란히 서 있었다.

화운룡이 호법대를 보면서 말했다.

"너희들은 운룡재를 비롯한 용황락을 지켜라."

호법대 열두 명 얼굴에 아쉬워하는 기색이 떠올랐지만 화운룡은 개의치 않았다.

"정(貞)아."

화운룡이 호법대 대주로 임명한 십팔 세 강정(姜貞)이 공손
히 허리를 굽혔다.

"네, 사부님."

"용황락을 잘 지켜야 하느니라."

"염려 마세요, 사부님."

정식 명칭이 용봉호법대(龍鳳護法隊)인 이들의 평균 연령은
십칠 세지만 평균 공력이 백 년이며 십절신공과 비룡운검을
거의 완벽하게 터득했다.

또한 화운룡이 소년 한 명, 소녀 열한 명 모두의 체질을 신
공체질로 변환시켜 주었기에 검기는 물론이고 검강까지 전개
할 수 있다.

그러므로 용봉호법대 열두 명은 웬만한 중간 규모의 방파
나 문파의 위력과 맞먹는다.

"용신들과 홍예, 수란, 도범은 나하고 같이 가자."

화운룡과 장하문을 제외한 십오룡신들과 홍예, 건곤쌍쾌
는 속으로 쾌재를 부르면서 주먹을 쥐고 흔들었다.

마지막으로 화운룡은 운설과 명림에게 말했다.

"너희 둘은 옥봉과 자봉을 지켜라."

"……"

당연히 화운룡을 따라서 출정할 것이라고 여겼던 운설과 명림은 쇠망치로 뒤통수를 호되게 얻어맞은 것 같은 충격에 멍한 표정을 지었다.

화운룡이 연무장을 나가자 운설과 명림은 허둥지둥 그의 뒤를 따라갔다.

"주군……! 백암명계를 쳐놓은 데다 용봉호법대가 지키고 있는데 굳이 우리까지 공주님을 지켜야 하나요?"

"주군이 전쟁터에 나가시는데 좌우호법이 따라가지 못한다는 게 말이 되나요?"

운설과 명림은 화운룡을 졸졸 따라가면서 우는 듯한 목소리로 하소연을 했다.

화운룡은 대답하지 않고 계단을 올라갔다.

계단 중간에서 참다못한 운설이 두 팔을 벌리며 화운룡의 앞을 가로막았다.

"여보, 대체 왜 그러는 거예요?"

명림도 가세했다.

"운검, 저희가 뭘 잘못했나요?"

두 여자의 눈에 눈물이 고였다. 얼마나 안타까우면 운설까지 곧 눈물을 흘릴 기세다.

화운룡은 엄숙한 표정을 지었다.

"농담이었다."

"……."

"너희도 같이 간다."

운설과 명림이 멍한 표정을 짓고 있을 때 화운룡은 부리나케 계단을 달려 올라갔다.

"아……."

명림은 극도로 긴장했던 탓에 다리가 풀려서 비틀거리다가 계단 난간을 붙잡았다.

운설과 명림은 안도감과 억울함, 당했다는 분노가 한꺼번에 휘몰아쳤다.

한참 그렇게 서 있다가 운설이 피식 웃었다.

"훗, 주군 농담하는 거 처음이죠?"

명림이 놀라는 표정을 지었다.

"정말 그러네?"

"스무 살 비룡공자에 적응을 잘 하셨다는 뜻이에요."

"스물한 살이셔."

두 여자는 마주 보면서 흐뭇한 미소를 지었다.

"귀여워 죽겠어."

"너무 사랑스러우셔."

동천패군의 제자였던 신월군주 호우종과 황정군주 형비가 화운룡을 찾아왔다.

두 사람은 매우 심각한 표정이다.

"무슨 일이 있습니까?"

화운룡은 솔직하게 말해주었다.

"통천패군이 전 세력을 이끌고 남하하고 있다."

호우종과 형비는 크게 놀랐다.

"아……."

두 사람은 탄성을 내뱉더니 몹시 굳은 표정으로 한동안 아무 말도 못했다.

"어떻게 할 것인지 너희가 결정하는 대로 해주겠다."

화운룡의 말에 호우종과 형비는 서로의 얼굴을 쳐다보았다.

호우종과 형비는 이곳에 있는 동안 앞으로 어떻게 할지 자신들의 거취에 대해서 진지하게 상의를 했다.

통천방에 돌아가고 싶은 생각은 추호도 없다. 자신들을 소모품 미끼로 사용한 통천패군의 계획을 알게 됐는데 그에게 돌아간다는 것은 말도 되지 않는 일이다.

두 사람은 눈빛을 교환하고 보일 듯 말 듯 고개를 끄떡였다.

"당신 수하가 되고 싶습니다."

호우종이 진지한 얼굴로 말하자 형비가 진심이 뚝뚝 떨어지는 어조로 말을 이었다.

"어떤 지위라도 좋으니까 비룡은월문 사람이 되고 싶습니다. 부디 들어주십시오."

화운룡이 묵묵히 자신들을 바라보기만 하자 호우종과 형비는 자리에서 일어나 즉시 바닥에 무릎을 꿇고 부복했다.

"거두어주십시오."

화운룡은 관상에 정통할 뿐만 아니라 탁월한 심미안(審美眼)도 지니고 있다. 그것에 의하면 호우종과 형비는 지금 진심을 말하고 있으며 결코 화운룡을 배신하는 일은 벌어지지 않을 것이다.

화운룡은 백진정을 불렀다.

"정아, 오빠를 불러와라."

백진정의 오빠는 백정견이며 제팔검대 은한검대의 대주다.

백진정이 백정견을 부르러 간 사이에 화운룡이 호우종과 형비에게 말했다.

"방금 그녀의 이름은 백진정이고 얼마 전까지 은한천궁의 소궁주였으며 지금은 뇌룡신(雷龍神)으로 내 휘하에 있다."

"……."

두 사람은 크게 놀랐다. 특히 형비의 놀라움이 훨씬 더 컸다.

몇 달 전에 형비는 통천패군의 명령으로 통천방 고수 천이백 명을 이끌고 은한천궁을 급습해서 멸문시켰다.

물론 나중에 화운룡이 이끄는 비룡은월문 고수들과 운설의 혈영단에게 형비의 고수들이 전멸을 당했지만 어쨌든 형비는 은한천궁을 멸문시킨 장본인이다.

"그녀가 데리러 간 오빠는 백정견이고 본 문 은한검대의 대주다. 나는 너희 둘을 은한검대 휘하에 넣으려고 한다."

형비의 얼굴이 참담하게 일그러졌다.

"은한검대라는 명칭을 들어서 알겠지만 그 검대는 은한천궁의 생존자들로 이루어져 있다."

화운룡이 잔잔한 목소리로 말하자 형비는 곧 울 것 같은 얼굴로 작게 항변했다.

"왜 그러시는 겁니까?"

"속죄하고 견뎌내라."

"그들이 저를 죽일 겁니다……!"

"그게 두려우냐?"

형비는 일그러진 얼굴로 짜내듯이 대답했다.

"두렵습니다……."

"그들은 너희들의 급습으로 동료와 형제와 가족을 거의 모두 잃었다. 과연 너의 두려움과 그들의 처절함 중에 어느 것이 크겠느냐?"

"……."

"은한검대는 이번에 나와 함께 출정하여 통천방과 싸운다.

너희 둘은 그들 속에서 생사고락을 같이하든지 아니면 여길 떠나 자유롭게 가고 싶은 곳으로 떠나라."

그 말을 끝으로 운설이 형비와 호우종을 밖으로 내보냈다.

두 사람이 은한검대의 일원이 되든지 아니면 여길 떠나든지는 그들에게 달렸다.

운설이 아까 하던 서류 작성을 다시 재개한 화운룡을 물끄러미 바라보다가 밑도 끝도 없이 중얼거렸다.

"당신 정말 존경스러워요."

*   *   *

갑자기 천하가 어수선해졌다.

가장 큰 사건은 각 지방을 대표하는 대방파나 대문파들이 자신들의 세력권 안에 있는 여타 방파와 문파들을 대대적으로 장악하기 시작했다는 사실이다.

그중에서도 무림의 가장 큰 세력인 춘추구패의 움직임이 가장 뚜렷했다.

아니, 정확하게 말하면 춘추육패다. 나머지 춘추삼패는 세력 확장에 나서지 않거나 같은 지역의 다른 문파와 전쟁을 치르려 하고 있다.

세력 확장을 하지 않는 춘추이패는 사천성(四川省)의 절대자로 군림하고 있는 당문(唐門)과 남해(南海)의 절대자 해남검파(海南劍派)다.

무림의 명문 중에서도 명문으로 꼽히는 춘추구패의 중삼패(中三覇)에 속하는 사천당문과 소삼패(小三覇)에 속하는 해남검파는 천하무림에서 대대적인 지각변동이 일어나는데도 꿋꿋하게 제자리를 지키고 있다.

세력 확장에 나서지 않고 있는 춘추삼패 중에 마지막 일패는 강소성의 절대자 통천방이다.

통천방은 강소성 내에서 유일하게 자신들의 적수라고 생각하는 비룡은월문을 공격하기 위해서 자파의 전 고수들을 동원했지만 그런 사실이 아직 천하에 알려지지 않은 상황이다.

그래서 어쨌든 강소성과 사천성, 남해 지역을 제외한 천하곳곳에서는 집어삼키려는 거대 세력과 먹히지 않으려는 군소(群小) 방파와 문파들 간에 피 튀기는 싸움이 하루에도 수백 곳에서 벌어지고 있는 상황이었다.

＊　　　　＊　　　　＊

하나의 매우 신선한 소문이 중원의 북서쪽 변방 지역인 감숙성(甘肅省)에서부터 시작되었다.

불과 열흘 전에 천상절미(天上絶美)와 천지쌍신(天地雙神)이라는 별호가 감숙성 북부 지역에 처음 출현하더니 열흘 후에는 감숙성 전역을 진동시켰다.

그러고는 그 별호가 보름 만에 감숙성에서 섬서성(陝西省)으로 진입하는가 싶더니 며칠 사이에 하남성과 산서성, 호북성 일대에 파다하게 퍼졌다.

현재 중원의 북서쪽 다섯 개 성에는 천상절미와 천지쌍신이라는 별호가 진동하고 있다.

천상절미는 한 여자, 아니, 소녀의 별호이고 천지쌍신은 일남일녀의 별호인데 이 세 사람이 같은 일행이라고 한다.

문제는 천상절미를 한 번이라도 본 사람들이 그녀야말로 천하제일미라고 입을 모아서 외친다는 사실이다.

오죽하면 그녀의 별호가 천상절미이겠는가. 지상이 아닌 천상에서 절대적으로 아름답다고 해서 그런 별호를 헌상했다는 소문이다.

그리고 일남일녀인 천지쌍신은 천상절미의 일행으로 그들의 용모 역시 지상의 것이 아닌 듯 수려하고 아름답지만 천상절미에 비할 바는 못 된다고 한다.

이들 세 사람은 천하의 북서쪽 감숙성으로 진입하여 중원으로 들어오고 있으며, 가는 곳마다 그들의 미모, 특히 천상절미를 구경하려는 사람들로 인산인해를 이룬다는 것이다.

더러는 천상절미를 어떻게 해보려고 집적거리는 탐화봉접(探

花蜂蝶)의 사내들이 있었다는데, 하나같이 천지쌍신에게 팔다리가 부러져서 나뒹군 뒤에 목숨만 살려달라고 싹싹 빌고는 절뚝거리면서 도망쳤다는 소문이 무성하다.

그 후부터는 천상절미의 미모를 구경할지언정 함부로 집적거리는 자들이 부쩍 줄었다고 한다.

하지만 그럼에도 불구하고 간혹 한번 싸우자고 덤비는 자들이 있으며 그들은 두 부류인데, 한 부류는 천상절미를 손에 넣으려는 사내들이고, 또 한 부류는 천상절미와 천지쌍신을 패배시키려는, 순전히 승부욕을 겨루고 싶어 하는 무공광들이라고 한다.

어쨌든 천상절미와 천지쌍신은 중원 한복판이라고 할 수 있는 하남성 낙양에 이르렀으며, 그곳에서 일대파란을 일으키고 있는 중이라고 한다.

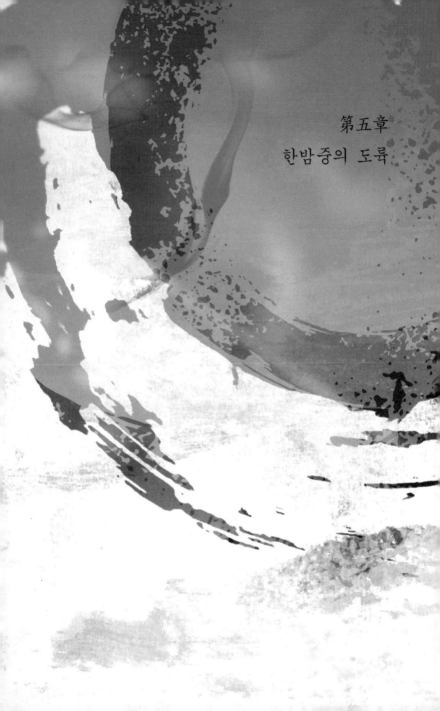

第五章
한밤중의 도륙

　한밤중 비룡은월문 대연무장 드넓은 마당에, 이번에 출정할 총대주의 직속검대인 총검대(總劍隊)를 비롯한 열 개 검대 천이백여 명이 각 검대별로 질서 있게 도열해 있다.

　대열의 앞쪽에는 총대주 당평원이 이끄는 총검대 백삼십 명과 총대주 호위대 열 명이 도열했고, 그 뒤로 왼쪽에서 오른쪽으로 제일검대 비룡검대부터 제십일검대 용설운검대까지 위풍당당한 모습이다.

　그리고 돌계단 위 중앙에는 화운룡이 서 있고, 좌우에는 군사 장하문과 좌우호법 운설과 명림, 뒤에는 십오룡신과 홍예,

건곤쌍쾌가 늘어서 있다.

돌계단 위와 돌계단 아래 연무장에 도열한 모든 사람들의 공통점이 하나 있다.

어느 누구 한 사람 빠짐없이 모두 눈이 반짝거리며 기세등 등하다는 사실이다.

초원에서 갓 잡아온 길들이지 않은 야생마가 당장에라도 울타리를 박차고 튀어나갈 것처럼, 모든 검사들은 어서 싸움 을 붙여달라는 표정이 얼굴에 가득하다.

이윽고 화운룡이 천천히 앞으로 세 걸음 걸어가서 멈추고 좌중을 한차례 둘러본 후에 말문을 열었다.

"우리를 괴멸시키겠다고 달려오는 무리가 있다."

조용하지만 웅혼한 목소리라서 모두의 심장에 틀어박히기 에 충분했다.

"그들이 누구라고 해도 개의치 않겠다. 우리를 건드리는 자 들은 무조건 섬멸한다는 것이 내 방침이다."

극도의 흥분으로 더 이상 견딜 수 없게 된 천이백여 명의 열혈한들은 기어코 우레 같은 함성을 터뜨렸다.

"우와아아─!"

비룡은월문 전체가 쩌렁쩌렁하게 울렸다.

선의가 불타오르고 의기가 끓어올라서 함성을 지르지 않고 는 도저히 견딜 수가 없다.

함성이 길어져서 화운룡이 손을 들자 즉시 조용해졌다.

"우리는 지금 출정한다. 싸울 준비가 됐느냐?"

천이백 명은 다시 한번 악을 쓰듯이 함성을 터뜨렸다.

"우와아아아—!"

　　　　*　　　　　*　　　　　*

통천패군이 이끄는 사천오백의 고수들은 백 명을 한 개 연부(連部)로 삼아 총 사십오 개 연부가 남쪽으로 행군을 하고 있는 중이다.

통천방에는 기존에 여러 등급의 고수들이 있었으나 이번 공격에 동원된 전 고수 사천오백여 명은 크게 세 개의 등급으로 나뉘었다.

선두가 질풍단(疾風團)으로 일류고수급이며 삼십 개의 연부 삼천 명으로 이루어졌다.

그보다 한 단계 위급 허리 부분이 신뢰단(迅雷團)이고, 열두 개의 연부로 상급 일류고수 천이백 명으로 이루어졌다.

후미가 전격단(電擊團)이며 세 개 단 삼백 명이고 초일류급 고수들이다.

그리고 통천패군을 비롯한 최상위급 고수가 십오 명으로 이백사십 년 공력의 통천패군이 절정고수 수준이고 십사 명은 반 수 정도 아래다.

일 개 연부 백 명씩 총 사십오 개의 연부들은 각 연부의 거리를 이백 장씩 두고 행군을 하고 있다.

이들 전체 사천오백 통천 고수들은 동이 트기 전 이른 새벽에 잠에서 깨어나서 아침 식사를 하고 묘시(卯時: 새벽 6시경)에 출발한다.

한 시진에 일각씩 휴식을 취하면서 속보(速步: 빠른 걸음)로 행군하여 술시(戌時: 밤 8시경)에 멈추어 노숙을 취한다.

그런 식으로 육 일 동안 행군하여 통천 고수들은 현재 태주현으로부터 북쪽 이백오십여 리 떨어진 보응현(寶應縣) 인근까지 도달해 있었다.

그리 크지 않은 숲속에서 선두 질풍단 다섯 개 연부 오백 명이 노숙을 하고 있는 중이다.

관도 너머에 또 다른 숲이 있으며 그곳 역시 크지 않은 숲이라서 질풍단 세 개 연부 삼백 명이 노숙하고 있다.

전체 통천 고수들은 관도를 중심으로 오 리 이내 근처의 야산과 숲에 흩어져서 노숙하며 휴식을 취하고 있다.

사천오백 명이나 되는 많은 수라서 주루나 장원 같은 곳에서 쉴 수가 없는 형편이다.

또한 자기들 딴에는 최대한 조심을 기해서 이동을 하고 있

으므로 여보라는 듯이 대놓고 사람들이 거주하는 현 내에서
나 사람 왕래가 있는 장소에서 쉴 수가 없다.

관도 양쪽에 서로 마주 보는 지형인 두 개의 숲 가장자리
로 추호의 기척도 없이 검은 인영들이 접근하고 있다.

화운룡이 이끄는 비룡은월문의 검사들이다.

두 개의 숲에서 노숙하고 있는 통천방 질풍단 여덟 개 연
부 팔백 명을 주살하기 위해서 화운룡은 비룡은월문 검사 천
이백여 명을 모두 동원했다.

만약 질풍단 팔백 명과 비룡은월문 천이백 명이 정면 대결
을 펼친다면 일각 안에 질풍단 팔백 명 모두를 전멸시킬 수가
있을 것이다.

그 정도로 이들은 상대가 되지 않는 적수다. 그런데도 화운
룡이 이들 팔백 명을 죽이려고 천이백 명이나 동원한 이유는
간단하다.

속전속결, 시간은 최대 반각, 그 안에 팔백 명을 깡그리 주
살하되 비명 소리가 크게 나서는 절대로 안 된다.

이곳 관도 양편 두 개의 숲에서 노숙하고 있는 팔백 명이
통천방 질풍단의 선두다.

또 다른 질풍단은 이곳에서 북쪽으로 이백 장 거리의 야산
에서 노숙하고 있다.

이백 장은 가까운 거리인 데다 이런 깊은 한밤중에는 작은 소리도 멀리 퍼져 나가는 법이다.

그러므로 비명 소리가 크게 나서 이백 장 거리의 야산까지 들린다면 야습 작전이 실패하는 것이다.

비명 소리가 크게 터지지 않고 작은 신음 소리만 나도록 하기 위해서는 급소를 정확하게 찌르거나 목을 단칼에 잘라야만 할 것이다.

베는 것은 급소라고 해도 적을 단칼에 즉사시킬 수가 없다. 또한 찔러도 급소가 빗나가면 적이 고통에 몸부림치면서 처절한 비명을 지르게 될 것이다.

화운룡은 이끌고 있는 고수들을 양분했다. 질풍단 오백 명인 이쪽 숲에 칠 할, 삼백 명인 관도 건너 숲에 삼 할의 고수들을 보냈다.

이쪽 숲은 화운룡이 직접 지휘하고 저쪽 숲은 운설과 명림이 지휘한다.

십칠룡신 중에 열세 명, 용설운검대 백칠 명 중에 칠십 명, 비룡검대 백이십 명 중에 칠십 명, 이런 식으로 십칠룡신과 각 검대를 두 패로 나누었다.

그리고 지난 일 년여 동안 인원을 충원하여 각각 백이십 명과 백 명이 된 사해검대와 의검대가 두 숲의 외곽을 포위하여 혹시 도주할지 모르는 자들을 죽이게 될 터이다.

둘레가 사백여 장에 불과한 자그마한 숲이지만 나무와 풀이 빽빽했다.

화운룡과 장하문, 용신들을 비롯한 칠백오십 명의 검사들은 숲속에 깔려 있는 어둠보다 더 어둡게 나무 사이를 기척 없이 미끄러져 나갔다.

타닥탁탁……

숲속에는 통천방 고수들이 추위 때문에 지펴놓은 수십 개의 모닥불들이 타고 있어서 주변이 환해진 덕분에 표적을 찾아서 이리저리 헤맬 필요가 없다.

이쪽 숲속의 질풍단 다섯 개 연부 고수 즉, 질풍 고수들은 하나의 모닥불 주위에 십여 명씩 누워서 잠을 자고 있다.

정월 한겨울의 추위는 산천초목을 얼어붙게 만드는 터라 아무리 무림인이라고 해도 취침 중에는 체온이 급격하게 떨어질 수밖에 없어서 하늘을 지붕 삼아 막천석지(幕天席地)의 노숙을 할 경우에는 반드시 모닥불을 피워야만 한다.

해시(亥時: 밤 10시경).

겨울의 날이 저무는 유시(酉時: 저녁 6시경) 무렵부터 자기 시작한 질풍 고수들에게 해시는 한밤중이나 다름이 없다.

질풍 고수들은 하나의 연부에 한 명씩의 경계수(警戒手) 총 다섯 명을 세웠으나 그들도 피로가 극심한 터라서 꾸벅꾸벅

졸다가, 쥐도 새도 모르게 접근한 용신과 용설운검대의 검사들에게 신음 소리조차 내지 못하고 죽었다.

화운룡은 한군데 모여 있는 세 개의 모닥불 가까이에 잠든 삼십여 명에게서 삼 장 떨어진 한 그루 나무 뒤에 숨어 숲을 둘러보며 전음을 보냈다.

[보고하라.]

그가 마음먹고 전음을 하면 거리로는 백 리 밖까지, 그리고 한꺼번에 팔십 방향까지 보낼 수가 있다.

그가 전음을 보내자마자 즉각 보고가 속속 들어왔다.

[접근했습니다.]

[준비 완료했습니다.]

오백 명의 질풍군들이 하나의 모닥불에 십여 명씩 모여서 자고 있으면 도합 오십 개의 무리인지라 보고하는 전음 오십 개가 한꺼번에 와르르 감지됐지만 화운룡은 하나도 빠짐없이 다 알아들었다.

화운룡의 눈빛이 차가워졌다.

[죽여라.]

그의 명령이 이쪽 숲속에 있는 칠백오십 명의 비룡은월문 검사들에게 한꺼번에 전달됐다.

그와 동시에 화운룡은 최초의 먹이로 삼은 통천방 질풍 고수 삼십여 명에게 저승사자처럼 낮게 떠서 쏘아갔는데 주호의 기척도 나지 않았다.

화운룡을 따라 보진과 연림이 좌우에서 즉시 쏘아갔다.

이곳의 삼십 명은 화운룡과 보진, 연림 세 명이 맡았다. 화운룡 혼자서도 삼십 명 정도는 충분히 해치울 수 있지만 터럭만 한 실수라도 하는 날이면 작전이 실패로 돌아가기 때문에 보진과 연림을 대동했다.

이곳의 질풍 고수 오백 명을 죽이려고 비룡은월문 검사 칠백오십 명이 투입됐으므로 성공하지 못하면 그게 오히려 이상한 일이다.

몸을 날리자마자 찰나지간에 모닥불 위 허공에 도달한 화운룡은 양손을 펼쳐서 한꺼번에 열 발의 지강(指罡)을 뿜어냈다.

일말의 어떤 모양이나 음향도 없는 무형무음의 지풍의 강기 즉, 지강이다.

지풍 위에 지공이고 그 위가 지강이며 소림사의 절학인 탄지신통(彈指神通)보다 상위라서 대저 이것을 전개할 수 있는 인물이 당금 무림에는 손가락으로 꼽을 정도일 것이다.

퍼퍼퍼퍼… 퍽!

열 발의 지강이 가장 가까운 모닥불 주위에서 자고 있는 열 명의 질풍 고수들의 미간을 정확하게 관통했다.

"끄으……."

"윽……."

지강에 적중된 자들은 몸을 세차게 부르르 떨 뿐이지 신음 소리조차 제대로 내지 못했다.

화운룡이 재차 열 발의 지강을 발출하고 있을 때 보진과 연림이 마지막 모닥불 근처에 열 명을 각각 다섯 명씩 맡아서 공격을 퍼부었다.

춧—

보진과 연림은 어깨의 검을 뽑자마자 각기 다섯 줄기의 검기를 발출하여 곤히 자고 있는 질풍 고수 열 명의 미간을 뒤통수까지 꿰뚫었다.

파파파파팍!

"끄윽……."

"흐윽……."

열 명의 신음 소리를 다 합쳐봐야 나뭇가지 부러지는 소리보다 크지 않았다.

삼십여 명의 질풍 고수들은 깊은 잠에 빠져 있다가 암습을 당해 왜 누구에게 당하는 것인지도 모른 채 불귀의 객이 되고 말았다.

화운룡과 보진, 연림이 이들 삼십여 명을 죽이는 데에는 채 두 호흡도 걸리지 않았다.

행동을 멈춘 화운룡은 청각을 돋우어서 숲속 내의 모든 소리를 감청했다.

가까운 곳에서, 혹은 멀리에서 답답한 신음 소리가 콩을 볶는 소리처럼 쉴 새 없이 연이어서 터져 나왔다.

비룡은월문 검사들이 무방비 상태의 질풍 고수들을 주살하고 있는 소리다.

화운룡이 청력을 돋우어서야 들릴 정도니까 이백 장 거리에서 노숙하고 있는 질풍 고수들에게는 전혀 들리지 않을 것이다.

화운룡은 청각을 돋운 채 그 소리들 속에서 혹시 잘못된 것이 없는지 잠시 동안 분류를 해보았다.

깊이 잠들어 있는 통천방 일류고수 수준인 질풍 고수 팔백 명을 그보다 훨씬 고강한 초일류고수 수준인 비룡은월문 검사 천이백 명이 암습하여 죽이는 것은 땅을 짚고 헤엄치는 것이나 다름없이 쉬운 일이다.

[끝냈습니다.]

[주살 완료했습니다.]

비룡은월문 각 대주와 부대주들의 전음 보고가 줄지어서 화운룡에게 접수되었다.

화운룡이 명령했다.

[물러나라.]

전음을 보내자마자 화운룡과 보진, 연림은 잠입했을 때처럼 그 자리에서 썰물같이 빠져나갔다.

이 숲에 들어와 있는 칠백오십 명이 숲을 빠져나가는 소리
가 마른 나뭇가지를 흔드는 삭풍처럼 흘렀다.

사아아…….

관도 오른쪽 숲에서 삼백 장 거리에 있는 너른 들판에 화
운룡을 비롯한 비룡은월문 검사 천이백여 명이 모여 있다.

달도 없이 캄캄한 들판에 서 있는 사람은 화운룡 한 명뿐
이고 그를 중심으로 여기저기에 각 검대끼리 웅크린 채 그를
주시하고 있다.

"하룡."

화운룡이 나직한 목소리로 부르자 가까이에 웅크려 앉아
있는 십육룡신 중에서 장하문이 공손히 보고했다.

"통천방 질풍단 여덟 개 연부 팔백 명 전원 주살했습니다."

장하문은 공격하기 전에 적 한 명을 제압하여 이번에 출동
한 통천방 고수들에 대해서 알아냈다. 즉, 통천방 사천오백 명
고수들을 질풍단, 신뢰단, 전격단으로 각각 삼 단씩 나누었다
는 내용이다.

"우리 쪽 피해는?"

"없습니다."

"다음 표적에 대해서 보고하라."

장하문이 뒤를 돌아보았다.

"무결."

뒤쪽에 웅크리고 있던 용설운검대주 무결이 고개를 숙였다
가 들고 공손히 보고했다.

"이곳에서 이백오십 장 거리의 관도 변 우측 야산에 통천방
질풍단 전체 세력인 이십이 개 단 이천이백 명이 노숙하고 있
습니다."

무결의 목소리는 나직하지만 이곳에 운집한 천이백여 명에
게 똑똑히 들렸다.

"야산의 높이는 팔십여 장이고 둘레는 십삼 리, 동고서저(東
高西低)의 산세이며, 평지와 야트막한 언덕으로 이루어진 서쪽
에 이십이 개 단 전원의 노숙지가 있습니다."

무결이 용설운검사 다섯 명을 이끌고 두 번째 표적인 질풍
단 본단의 노숙지를 미리 살피고 돌아왔다.

무결의 보고가 일사천리로 이어졌다.

"야산에는 관도가 있는 서쪽에 십 장 간격으로 경계수 칠
십여 명이 서 있으며, 암석 지대인 가파른 동쪽에는 경계수가
한 명도 없습니다."

"그곳 야산에 우리 동료가 있느냐?"

화운룡은 자신의 휘하에 있는 사람들을 수하라고 하지 않
고 동료나 가족, 형제라고 말한다. 그것이 비룡은월문 사람들

을 감동시키는 또 하나의 이유다.

"본대의 검사 네 명이 나가 있습니다."

"그곳에서 통천방 신뢰단 노숙지하고의 거리는 얼마냐?"

신뢰단은 질풍단보다 한 단계 위급인 상급 일류고수들이며 열두 개 연부 천이백 명으로 이루어졌다.

"북쪽으로 오백 장 거리의 관도에서 오십 장 떨어진 계류에 노숙하고 있는데 신뢰단 네 개 연부 사백 명입니다."

화운룡이 고개를 끄떡이는 것을 보고 무결이 말을 이었다.

"통천방 본진은 그곳에서 삼 리 거리의 산에서 노숙하고 있는 것 같습니다. 신뢰단 여덟 개 연부와 전격단 삼백 명, 통천 패군과 측근들까지 천백여 명 전부입니다."

무결이 보고를 마치자 화운룡은 장하문에게 물었다.

"하룡, 계획이 섰느냐?"

"그렇습니다."

"말해봐라."

장하문은 무결의 보고를 듣는 동안 이미 작전을 세웠으며 약간 자신만만한 표정으로 설명했다.

"가장 가까운 야산의 질풍단 이십이 개 단 이천이백 명을 한꺼번에 전멸시키는 것입니다."

키 큰 누런 풀이 가슴 높이까지 자란 들판 여기저기에 웅크리고 있는 천이백 명은 장하문의 말을 듣고 피가 뜨거워졌다.

장하문은 자신의 작전을 확신했다.

"우리 천이백 명이면 저쪽 이천이백 명하고 정면 대결을 해도 완승합니다. 그런데 이건 급습입니다. 깊이 잠든 적을 상대하는 것은 말 그대로 도륙입니다. 동쪽 암석 지대 바깥에 일개 검대를 포위시키고 서쪽 관도 쪽에서 치고 들어가면 어렵지 않게 섬멸할 것입니다."

누런 풀 속에 웅크리고 앉아 있어서 보이지 않지만 비룡은 월문의 검사들은 씨익 입가에 자신만만한 미소를 떠올리며 서로의 얼굴을 쳐다보았다.

그런데 뜻밖에 화운룡이 장하문 계획의 허점을 지적했다.

"천이백 명으로 자고 있는 이천이백 명을 단번에 비명 없이 섬멸할 수 있는가?"

장하문이 조금 난감한 표정을 지었다.

"그건 곤란합니다. 최초의 급습으로 이천이백 명의 절반 혹은 삼분지 이를 죽이는 동안 나머지 적들이 깨어나서 저항할 것입니다. 그러다 보면 싸움 소리와 비명 소리가 멀리까지 퍼져 나가게 됩니다."

"오백 장 거리 계류가에 노숙 중이라는 신뢰단 사백 명이 소리를 듣게 될 거야."

"이천이백 명을 급습하여 섬멸하고 재빨리 퇴각하면 될 것이라고 생각합니다."

"흠, 그러면 신뢰단 사백 명이 우리가 질풍단을 전멸시켰다는 사실을 알게 된다."

장하문은 애매한 표정을 지었다.

"그러면 안 됩니까?"

화운룡은 앞에 앉아 있는 장하문을 눈 아래로 조용히 굽어보았다.

그는 그냥 내려다본 것일 뿐이지만 장하문은 자신의 능력의 한계가 여기까지고 군사로서 해서는 안 되는 말을 방금 했다는 사실을 깨달았다.

그렇지만 자신의 계획에서 무엇을 잘못됐는지에 대해서는 아직도 깨닫지 못했다.

"무결, 여기에서 오백 장 거리의 계류가에 노숙 중인 신뢰단 사백 명 후방 본진에 우리 쪽 동료가 가 있느냐?"

무결은 즉시 고개를 숙였다.

"동료 두 명을 보냈습니다."

"잘했다."

화운룡은 무결이 철저한 성격이라는 것을 알았지만 이제 보니까 그 이상이다.

"그들은 곧 돌아올 겁니다."

무결은 조금 전에 화운룡이 수하들을 '동료'라고 호칭하는 것을 듣고 자신도 수하를 '동료'라고 불렀다. 좋은 것은 즉시 배워야 한다는 것이 그의 평소 지론이다.

화운룡은 고개를 끄떡였다.

"그들을 기다리도록 하자."

장하문은 화운룡이 고마우면서도 마음이 착잡했다.

화운룡의 말을 들어보면 장하문 자신의 작전에서 미비한 점이 있는 것 같은데 그가 많은 사람들이 있는 곳에서 지적하여 창피를 주지 않은 것이 고마웠고, 그 미비한 점이 무엇인지 아직도 깨닫지 못해서 착잡했다.

들판에 산들바람만 불고 있을 뿐 적막이 흘렀다.

"총대주."

"하명하십시오."

화운룡의 조용한 부름에 가까이 있던 당평원이 즉시 고개를 숙였다.

"적의 척후조를 다 죽이게."

"명을 받듭니다."

당평원은 일말의 의문도 품지 않고 즉시 대답하고는 수하들에게 지시하기 위해서 자리를 떠났다.

그러나 장하문은 '척후조를 다 죽인다'라는 말에서 자신의 작전이 어째서 미비했는지, 그리고 화운룡의 원하는 바가 무엇인지를 깨달았다.

'아…….'

통천방은 열 명의 척후조를 삼십 리 전방으로 미리 보냈다.

이유는 간단하다. 전방에 적이나 위험 요소가 없는지 사전에 알아내려는 것이다.

척후조 열 명을 모두 죽인다는 것은 통천방의 눈과 귀를 가리는 것이나 다름이 없다.

그리고 척후의 보고가 담긴 전서구가 본진에 전해지지 않는다는 것은 척후가 전멸했다는 사실을 뜻하며 전방에 적이 있다는 의미다.

그렇기 때문에 통천방 본진은 그것에 만반의 준비를 갖추게 될 것이다.

'이런 바보같이……'

장하문은 내심 커다란 깨달음에 자신을 꾸짖었다.

그는 감탄과 어이없는 표정으로 화운룡을 바라보다가 표정을 정리하고 공손히 물었다.

"오늘 밤에 적들을 모두 섬멸할 생각이십니까?"

화운룡은 장하문이 비로소 자신의 계획을 알아낸 것에 흡족한 미소를 지었다.

"그렇다."

순간 가까이, 그리고 멀리 웅크리고 있는 비룡은월문 전 검사들이 크게 놀라고 그중에 몇몇은 낮은 탄성을 터뜨렸다.

화운룡의 말을 듣고서야 장하문의 두뇌가 빠르게 회선했다.

"야산의 질풍단 이천이백 명과 계류가 신뢰단 사백 명을 동시에 급습해서 섬멸하는 것입니까?"

"그렇다."

"신뢰단 사백 명은 주군과 좌우호법, 십육룡신, 비룡검대가 맡아야겠습니다."

화운룡은 고개를 끄떡였다.

"홍예와 수란, 도범도 같이 간다."

화운룡 뒤쪽에 앉아 있던 홍예와 건곤쌍쾌가 배시시 미소 지었다.

장하문은 수하들에게 통천방 척후를 모두 죽이라는 지시를 하고 돌아온 당평원을 쳐다보았다.

"총대주께서 야산의 질풍단 이천이백 명을 공격해 주셔야겠습니다."

해룡검대는 비룡은월문에 남아 있으며, 비룡검대를 화운룡이 데리고 가면 당평원은 아홉 개 검대 천백여 명으로 급습을 해야 한다.

당평원은 강한 의지를 보였다.

"할 수 있습니다."

당평원으로서는 총대주에 임명된 이후 처음 싸움에 임하는 것이다.

그렇다고 해서 무조건 자신감만 앞세우려는 것이 아니라 이것저것 따져봐도 야산의 질풍 고수 이천이백 명을 충분히 섬멸할 수 있을 것 같았다.

그때 무결이 공손히 아뢰었다.

"통천방 본진으로 보낸 동료가 돌아왔습니다."

무결이 용설운검사 두 명을 가까이 불렀다.

"주군께 보고드려라."

용설운검사 두 명 중에 한 명이 최대한 공손하려고 애쓰면서 보고했다.

"신뢰단 사백 명이 노숙 중인 계류가에서 북쪽으로 삼 리쯤 떨어진 곳에 종향산(宗享山)이 있으며 그곳이 통천방 본진으로 전원이 노숙 중입니다."

전원이라면 신뢰단 팔백 명과 전격단 삼백 명, 통천패군과 최측근 십오 명 도합 천백여 명이다.

용설운검사 두 명은 자신들이 직접 보고 온 종향산의 산세와 본진이 어디에 어떻게 흩어져 있는지에 대해서 자세하게 설명했다.

보고를 듣고 난 장하문이 눈을 빛내면서 생기가 넘치는 목소리로 말했다.

"주군, 본진을 먼저 치는 것은 어떻겠습니까?"

화운룡은 가볍게 고개를 끄떡였다.

"그것도 괜찮은 생각이지만 돌아서 가는 길이다."

"그게 무슨……."

화운룡은 뒷짐을 졌다.

"우리가 통천방 본진 천백여 명과 싸우면 신승(辛勝)을 하게 될 것이다."

신승 즉, 매우 어렵게 이길 것이라는 뜻이다. 또한 우리 편에서도 많은 사상자가 발생할 것이라는 뜻이기도 하다.

"그렇겠지요."

"그런 상황에 이곳의 질풍단 이천이백 명과 신뢰단 사백 명이 우리를 덮치면 어떻게 될 것 같은가?"

"아……."

장하문은 물론이고 화운룡의 말을 들은 사람들 모두가 탄성과 한숨을 동시에 터뜨렸다.

비룡은월문 천이백 명이 통천방 본진 천백여 명을 급습하여 싸우면 승리하더라도 많이 지치고 또 많은 사상자가 발생할 것이다.

그런 상황에서 통천방의 도합 이천육백 명의 신뢰단, 질풍단이 덮쳐오면 비룡은월문 검사들은 그야말로 악전을 치러야만 한다.

"지금 질풍단 이천이백 명과 신뢰단 사백 명을 섬멸하는 것은 손쉽지만 그들을 내버려 두면 나중에 늑대가 되어 우리를 물어뜯을 거야."

장하문은 기가 꽉 죽어서 고개를 숙였다.

"그렇군요. 거기까지는 미처 생각하지 못했습니다."

깊은 잠에 빠져 있는 질풍단 이천이백 명과 신뢰단 사백 명은 순한 양 떼 같지만, 잠에서 깨어나 한꺼번에 공격을 해오면 늑대로 돌변한다는 것이다.

장하문은 계책이라고 내놓은 것이 너무나도 얄팍하다는 사실을 뼈저리게 절감했다.

그는 무릎을 꿇고 자세를 고쳐 앉아 화운룡에게 공손히 고개를 숙였다.

"주군께서 계획을 세워주십시오. 부탁합니다."

일개 문파가 전 세력을 이끌고 사활을 건 싸움터에 나왔는데 계획과 작전을 세워야 할 군사가 스스로의 직무를 포기하겠다고 말했다.

화운룡은 장하문을 굽어보며 조용한 목소리로 말했다.

"내가 군사인가?"

"죄송합니다."

"차를 마실 동안 공격 책략(策略)을 짜게."

"알… 겠습니다."

장하문은 머릿속이 하얘지는 것을 느꼈다.

보진이 갖고 온 휴대용 차통(茶桶)을 손으로 감싸 쥐고 공력을 주입하여 세 호흡 만에 펄펄 끓게 만들었다.

화운룡이 바닥에 앉아서 차를 마시고 있을 때 장하문이 조심스럽게 다가왔다.

아까까지만 해도 활발했던 그이지만 지금은 매우 의기소침해져서 고개도 들지 못했다.

"주군, 책략을 짰습니다."

"진아, 하룡에게도 차를 줘라.'

"저는… 괜찮습니다."

장하문이 손을 저어 사양하는 걸 보고 화운룡이 빙긋 웃었다.

"마시게. 기분이 한결 좋아질 게야."

장하문은 그 말이 '자네답지 않게 왜 그러나?'라는 가벼운 꾸지람으로 들려서 퍼뜩 정신을 차렸다.

그 자신이 이미 주눅이 들어 있기 때문에 평소의 자신감이 사라지고 전전긍긍하는 것이다.

후룩…….

화운룡은 장하문을 재촉하지 않고 느긋하게 차를 마시면서 기다려 주었다.

장하문으로서는 그것마저도 고마웠다. 여타 방파나 문파 같았으면 군사가 이게 뭐냐면서 부족하다고, 못났다고 호된 꾸지람을 받거나 심하면 문책을 당할 텐데, 화운룡은 깊고 넓은 배려로 기다려 주고 있는 것이다.

장하문은 책략을 짰지만 또 화운룡 마음에 들지 않을까 봐 염려가 됐다.

그리고 그는 이제야 자신의 책략에 천이백여 명 비룡은월문 검사, 아니, 동료이며 가족의 생사가 달려 있다는 사실을 새삼스럽게 깨달았다.

그는 보진이 건네준 차를 마시지도 않고 두 손으로 감싸고 있다가 조심스럽게 말문을 열었다.

"근처에 노숙 중인 질풍단 이천이백 명과 신뢰단 사백 명을 섬멸하면 그 소리를 듣고 본진이 움직일 것입니다."

"그렇겠지."

"우리는 최대한 빨리 관도 양쪽에 매복하는 겁니다.'

"매복인가?"

화운룡이 흥미롭다는 표정을 짓자 장하문은 움찔했다가 용기를 내서 계속 설명했다.

"관도로 달려오는 본진의 적들을 매복한 상태에서 회천탄으로 최대한 많이 죽여야 합니다. 우리는 일인당 삼십 발의 충분한 무령강전을 갖고 왔으므로 그것들을 다 소진할 때까지 공격을 퍼부으면 적의 절반 이상을 죽이거나 무력하게 만들 수 있다고 봅니다."

"그다음에는?"

"일거에 들이쳐서 섬멸합니다."

장하문은 조금 자신 없게 말했다.

화운룡은 빙그레 미소 지었다.

"조금 부족하다."

장하문은 머쓱한 표정을 지었다.

"그렇습니까?"

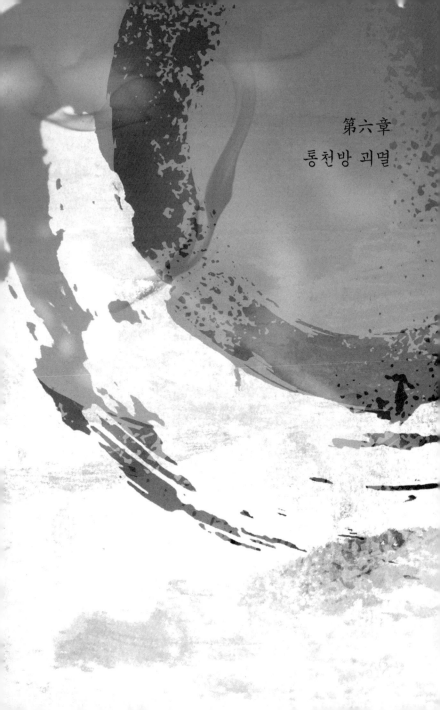

第六章

통천방 괴멸

　그는 깊숙이 고개를 숙였다.

　"여기까지가 제 한계입니다. 저도 답답해서 미치겠습니다. 제발 가르침을 내려주십시오."

　"하하하! 하룡, 자네가 약한 모습을 보일 때가 있군."

　"주군께는 이려측해(以蠡測海)입니다. 죄송합니다."

　좀벌레처럼 하찮은 것이 거대한 바다를 헤아리려고 한다는 뜻이다. 그는 자신을 좀벌레로, 화운룡을 바다에 비유했다.

　화운룡은 보진에게 차를 더 달라고 찻잔을 내밀면서 말했다.

"나는 우리 동료들의 희생을 최소화하고 싶다네."

싸우는 소리와 비명 소리를 듣고 관도로 달려오는 통천방 본진 천백여 명을 회천탄으로 집중 공격을 퍼부으면 절반 이상이 타격을 입게 될 것이다.

천백여 명의 절반이면 오백오십여 명이고 그 순간에 비룡은 월문의 천이백 명이 들이치면서 맹공을 퍼부으면 적은 지리멸렬할 테고 우리 쪽 피해는 그리 크지 않을 것이다.

그런데도 화운룡은 그것에 만족하지 않고 그 피해마저도 더 줄이고 싶다는 것이다.

"궁서설묘(窮鼠囓猫)야."

궁지에 몰린 쥐가 오히려 고양이를 문다는 뜻이다. 통천방 본진이 회천탄 집중 공격으로 절반 이상의 세력을 잃고 궁지에 몰리는 상황이 되면 눈이 뒤집혀서 악착같이 저항할 것이 자명하다.

눈을 깜빡거리면서 생각하는 장하문은 뭔가 알 것 같은 표정을 지었다.

"무령강전이 다 떨어질 때까지 적이 남아 있다고 해도 모여 있으면 여전히 강할 거야."

악에 바친 적들은 외려 사생결단으로 저항을 할 것이다. 그렇게 되면 우리 쪽 피해도 만만치 않아진다.

"회천탄에서 살아남은 적들을 흩어지게 해야겠군요?"

"그렇지."

장하문은 갑자기 생기가 돌았다.

"회천탄 공격을 퍼부은 후에 썰물처럼 물러나는 겁니다. 그러면 적들이 추격할 것이고, 그러는 와중에 적의 세력이 흩어지게 될 것입니다."

화운룡은 미소를 지으며 고개를 끄떡였다.

"이제 제대로 됐군."

그는 차를 한 모금 마시고 나서 말했다.

"공격 시작하세."

장하문은 환한 표정으로 고개를 숙였다.

"명을 받듭니다."

화운룡은 운설과 명림, 홍예, 건곤쌍쾌, 십육룡신, 그리고 감형언의 비룡검대를 이끌고 들판을 질주했다.

신뢰단 고수 사백 명 노숙지의 사정에 대해서 잘 알고 있는 무결이 선두에서 질주했다.

화운룡이 전력으로 질주할 경우 무결보다 세 배 정도 빠르고 운설과 명림은 두 배 정도 빠르겠지만 지금은 묵묵히 무결 뒤를 따르고 있다.

그때 앞서 달리던 무결이 오른손을 들며 멈췄다.

전방은 계속 들판이 이어져 있지만 자세히 보면 오 장 전방의 들판이 아래로 쑥 꺼졌음을 알 수 있다.

만약 무결이 안내하지 않았으면 무작정 달리다가 갑자기 나타난 내리막길로 곤두박질쳤을 것이다.

무결이 전방 내리막길을 가리켰다.

[저깁니다.]

화운룡이 앞쪽을 양팔을 벌려서 가리키자 운설과 명림 등 비롯한 비룡검사 백이십 명이 좌우로 쫙 갈라져서 전방으로 쏘아가다가 내리막길 직전에서 멈추면서 바짝 웅크렸다.

화운룡은 천천히 걸어가서 내리막길 끝에 멈추고 아래를 굽어보았다.

십여 장 길이의 가파른 언덕 아래 한 줄기 계류가 흐르고 있으며 계류가 들판에 수십 개의 모닥불 주위에서 수백 명이 잠들어 있는 광경이 내려다보였다.

모닥불은 거의 꺼져서 빨간 숯불만 남은 상태다.

통천방 신뢰단 고수 네 개 연부 사백 명인데 이들은 아예 경계수조차 한 명도 세우지 않았다.

누가 어느 곳의 몇 명을 공격할 것인지에 대해서 감형언이 비룡검사들에게 일일이 전음으로 지시했다.

지시를 끝내고 나서 감형언은 화운룡에게 다가와 노숙지의 복판을 가리켰다.

[주군께선 중앙의 오십 명을 맡아주십시오.]

[백 명을 해치우겠네.]

감형언은 움찔 놀랐다.

[그러시겠습니까?]

화운룡과 운설, 명림, 홍예와 건곤쌍쾌, 그리고 십육룡신 이렇게 스물두 명으로 적 백 명을 주살하겠다는 것이니 감형언이 놀랄 수밖에 없다.

화운룡이 백 명을 주살하겠다고 말한 것은 충분히 그럴 능력이 되고 또 비룡검사가 한 명도 죽거나 다치지 않기를 원하기 때문이다.

아래를 굽어보던 화운룡이 나직이 명령했다.

[죽여라.]

그 명령은 천리전음의 수법으로 이곳에서 오백여 장 떨어진 야산 근처에 있는 총대주가 이끄는 천백여 명의 비룡은월문 검사들에게도 전해졌다.

이곳에서 신뢰단 사백 명을 급습하는 동시에 남쪽 야산에서는 질풍단 이천이백 명에 대한 급습이 시작됐다.

쏴아앗!

순간 화운룡과 운설, 명림, 홍예, 건곤쌍쾌, 그리고 십육룡신과 백이십 명의 비룡검사들이 신뢰단 고수들을 향해 몸을 날렸다가 급전직하 아래로 내리꽂혔다.

통천방 신뢰단 사백 명은 사신(死神)들이 덮쳐오는 줄도 모른 채 깊은 잠에 빠져 있다.

표적으로 삼은 중앙의 신뢰단 고수들 일 장 상공에 제일 먼저 도달한 화운룡은 양손을 뻗어 열 개의 지강을 연달아 세 번 발출하면서 좌우로 주르르 훑었다.

열 개씩 삼십 개의 지강이 둥글게 원을 형성한 채 우박처럼 쏟아졌다.

퍼퍼퍼퍼퍽…….

솜방망이로 얇은 판자를 두드리는 듯한 소리가 났고 조용한 신음 소리가 뒤를 이었다.

"끄으…….

"흐윽……."

삼십 발의 지강은 단 한 발도 빗나가지 않고 신뢰단 고수 삼십 명의 미간을 정확하게 관통했다.

그의 뒤를 이어서 운설과 명림, 홍예, 건곤쌍쾌, 십육룡신들이 각자 자신들이 맡은 표적들을 향해서 소나기처럼 지강을 퍼부어댔다.

쒜애액!

화운룡과 운설, 명림 정도 되면 지강을 발출할 때 무형, 무음이 가능하지만 건곤쌍쾌와 십육룡신들은 아직 그 경지에는 이르지 못했다.

퍼퍼퍼퍽퍽퍽퍽!

"크윽……"

"캐액!"

날카로운 파공음에 신뢰단 신뢰 고수들이 깨어났지만 깨어나자마자 미간과 옆머리, 뒤통수에 지강이 적중되어 영원한 잠에 빠져들었다.

그와 동시에 백이십 명의 비룡검사들이 밤하늘에서 내리꽂히면서 일제히 비폭도류를 전개했다.

쉬리릿!

쉬이잇! 쉬리릿!

수백 자루 비도가 밤하늘을 새카맣게 뒤덮었다.

비룡검대 검사들은 화운룡이 창안한 비룡육절을 최소한 육 성 이상 모두 연마했기 때문에 다들 상의 안쪽에 도곤(刀緄)을 두르고 있으며 거기에는 삼십육 자루의 비도가 삼 층으로 나란히 꽂혀 있었다.

비룡검사들은 한 번에 두 자루의 비도를 정확하게 발출할 수 있지만 그건 날렵한 상대일 경우이고 이처럼 움직이지 않는 표적은 한 번에 세 자루도 가능하다.

비룡검사 백이십 명이 세 자루씩 발출한 비도 삼백육십 자루가 소나기처럼 쏟아졌다.

파파파팍! 퍼퍼퍼퍽!

"왁!"

"끄윽……!"

"캑!"

둔탁한 격타음과 답답한 신음 소리가 한꺼번에 노숙지 넓은 지역에서 터져 나왔다.

화운룡 등의 최초의 급습으로 자고 있던 신뢰 고수 삼백여 명이 죽었다.

그리고 백여 명이 놀라서 퉁기듯이 펄쩍 일어났지만 여전히 잠결이라서 무기를 뽑지도 못한 채 우왕좌왕하다가 두 번째 공격을 받았다.

촤아악! 파아앗! 푹! 퍽!

아직 땅에 내려서지도 않은 비룡검사들이 발검하면서 비룡운검을 무시무시하게 전개했다.

"흐악!"

"크악!"

"와악!"

밤하늘로 처절한 비명 소리가 퍼져 나갔다.

화운룡은 지강을 발출하여 십육룡신들이 상대하고 있는 수십 명의 신뢰 고수들 중에 다섯 명을 거꾸러뜨렸다.

두 번 호흡할 시간에 화운룡은 혼자서 삼십오 명의 적을 죽였으며, 운설과 명림은 열다섯 명, 홍예와 건곤쌍쾌는 열 명, 십육룡신이 칠십 명, 도합 백삼십 명이나 죽여서 목표를

초과 달성했다.

비룡검사 한 명이 사백 명의 신뢰 고수 중에 마지막 남은 한 명의 목에 검을 깊숙이 꽂았다.

푹!

"크윽……."

비룡검사가 검을 뽑자 마지막 신뢰 고수는 목에서 피분수를 뿜으면서 뒤로 버틀거리며 물러나다가 쓰러졌다.

화운룡이 주위를 둘러보자 서 있는 사람들은 우리 편뿐이고 신뢰 고수 사백 명은 모두 죽었다.

그 광경은 어찌 보면 신뢰단 사백 명이 아까처럼 여전히 자고 있는 것 같았다.

당연한 일이지만 신뢰 고수 사백 명을 죽이면서도 비룡월문 검사들은 한 명도 다치지 않았다.

완벽한 승리다.

"가자."

화운룡은 언덕 위로 신형을 날리며 낮게 외쳤다.

그가 관도를 향해 쏘아갈 때 남쪽 멀지 않은 곳에서 요란한 비명 소리가 터져 나왔다.

"으아악!"

"크아악!"

야산에서의 급습 때 잠에서 깨어난 질풍단 잔당들을 총대주와 비룡은월문 검사들이 주살하는 소리다.

화운룡은 총대주가 이끄는 비룡은월문 검사 천백 명을 도우러 달려가지 않았다. 돕지 않아도 총대주가 충분히 질풍단을 섬멸할 것이라고 확신했다.

그보다 지금은 빨리 관도로 달려가서 통천방 본진이 달려올 것에 대비해야 한다.

곧게 뻗은 관도 양쪽의 들판이나 풀숲 속에 화운룡을 비롯한 천이백여 명의 비룡은월문 검사들이 삼백 장 거리로, 길고 은밀하게 숨어 있다.

화운룡과 운설, 명림, 홍예를 제외한 전원이 회천궁에 무령강전을 세 발씩 먹인 채 대기하고 있다.

이제 잠시 후에 관도를 따라서 남하하게 될 통천방 본진 천백여 명을 제일 먼저 무령강전을 쏴서 허물어뜨릴 것이다.

달도 없는 캄캄한 한밤중에 경공술을 전개하여 달리는 적들을 일일이 한 명씩 겨냥해서 정확하게 맞히는 일은 여러모로 비효율적이다.

그래서 관도 양쪽에서 한 번에 세 발씩 도합 열 차례 무령강전을 순식간에 무더기로 발사하여 될 수 있는 한 많은 적을 거꾸러뜨려야만 한다.

화운룡과 운설, 명림, 홍예 네 사람은 회천탄보다 훨씬 징확하고 강력한 지강을 전개할 것이다.

홍예는 새해 들어 한 살 더 먹어서 열여덟 살이 되었지만 일전에 화운룡이 생사현관을 타통해 주고 더불어서 신공체질로 변환시켜 주었기 때문에 원래 공력 구십 년에서 이백이십 년으로 급증했다. 덕분에 운설, 명림과 어깨를 나란히 할 정도의 절정고수가 되었다.

화운룡은 통천패군의 본진이 삼 리 밖에서 출발할 때부터 그들의 움직임을 감지하고 있었다.

이 시점에 이르러서 통천방은 통천패군을 포함하여 천백여 명밖에 남지 않았고, 비록 가장 강한 자들이라고는 하지만 그들을 깡그리 섬멸하는 것은 손바닥을 뒤집는 것만큼이나 간단한 일이다.

하지만 화운룡이 생각하는 완벽한 승리는 우리 쪽의 희생 없는 승리를 뜻한다.

그는 비룡은월문을 출발했을 때 같이 온 사람들을 아무도 다치거나 죽지 않게끔 고스란히 데리고 귀환하고 싶었다. 한 사람 한 사람 다 소중한 가족이고 형제이기 때문이다.

그러기 위해서는 최초에 회천탄으로 되도록 많은 적을 죽여야 하고, 그다음엔 적들을 뿔뿔이 흩어지게 만들어서 깡그리 섬멸하는 것이다.

화운룡은 관도 변 작은 숲속의 나무 뒤에 서서 모두에게 전음을 보냈다.

[삼백 장까지 다가오고 있다.]

모두들 회천궁을 천천히 잡아당겨서 팽팽하게 만들었다.

관도 북쪽 끝에 있는 화운룡이 다시 전음을 했다.

[공격 명령을 기다려라.]

둘레 삼십여 장의 작은 숲에는 화운룡과 운설, 명림, 홍예 네 사람만 있다. 숲이 너무 작은 탓에 더 많은 인원이 은신할 수가 없다.

저만치 관도에서 검은 인영들이 빠른 속도로 달려오고 있는 광경이 나무 사이로 얼핏 보였다.

휘이이!

통천방 본진 선두 십여 명이 빠른 속도로 화운룡이 숨어 있는 작은 숲 앞을 지나쳤다.

빠른 속도지만 화운룡의 눈에는 한 명 한 명 또렷하게 보였으며 그들 속에 통천패군은 없는 것 같았다.

그 뒤를 이어서 통천방 고수들이 무더기로 달려왔다.

통천방 고수들이 포위망 안으로 줄줄이 들어올 때 화운룡은 문득 좋은 생각이 하나 떠올랐다.

[무결, 용설운검사 오십 명으로 전방을 봉쇄하라.]

실인에 이력이 난 용설운검사 오십 명이 전방을 봉쇄하면 뚫지 못할 것이다.

[존명.]

화운룡이 전음을 하자마자 무결이 대답했다.

그가 다시 지시했다.

[창룡, 통천방 본진이 포위망 안으로 들어오면 십육룡신으로 후미를 틀어막아 도주하지 못하게 하라.]

창룡은 창천을 가리킨다. 십육룡신 중에서 창천의 나이가 가장 많고 또한 백오십 년 공력인 보진, 반옥, 연림 다음으로 무공이 고강하기에 알게 모르게 그가 수좌(首座) 역할을 하고 있다.

[명을 받듭니다.]

화운룡은 적들을 관도에 몰아넣고 아예 이곳에서 몰살시키는 책략을 생각해 보았다.

꼭 그런 작전을 하겠다는 것이 아니라 상황을 봐가면서 하겠다는 것이다.

＊   ＊   ＊

관도의 남쪽과 북쪽으로 용설운검사들과 십육룡신들이 관도의 전후를 봉쇄하기 위해서 은밀하게 움직이는 기척이 화운룡에게 감지됐다.

하지만 통천방 고수들 중에서는 그것을 감지할 정도의 초절고수가 한 명도 없다.

그때 관도를 주시하는 화운룡의 눈이 빛났다.

한눈에도 통천패군이라는 사실을 확신할 수 있는 인물이 십여 명의 호위를 받으면서 달려오고 있는 것을 발견했다.

그리고 통천방 마지막 한 명까지 관도로 진입한 직후에 십육룡신이 관도 후미를 봉쇄한 것을 확인한 화운룡이 짧게 명령했다.

[공격하라!]

그의 명령이 떨어지기 무섭게 허공을 울리는 강렬한 음향이 터졌다.

투아앙—!

천백여 명의 회천탄이 한꺼번에 발휘되는 굉음이다.

관도를 달리고 있는 통천방 고수들은 갑자기 벼락 치는 소리가 터지자 놀라서 급히 속도를 줄이고는 다급히 주위를 두리번거렸다.

그러고는 귀청을 찢는 듯한 어마어마한 굉음.

쐐애애액!!

그러나 밤하늘을 갈가리 찢는 파공음이 터지고 있는데 아무것도 보이지 않았다.

한밤중에 급습할 때를 대비해서 무령강전에 검은 칠을 했기 때문이다.

비룡은월문 천이백여 명이 한 번에 세 발씩 발사한 삼천육백 발의 무령강전들이 아무런 엄폐물이 없는 관도를 향해서 소나기처럼 무시무시하게 퍼부어졌다.

일반적으로 다수의 무리가 화살 공격을 할 경우에는 먼 거리에서 하나의 표적을 향해서 포물선으로 발사하여 아무나 맞으라는 것이 상식이다.

그래서 화살이 지상에서 대충 십여 장 높이로 솟구쳤다가 비스듬히 내리꽂히는 것이 화살 공격의 전형적인 광경이다.

그러나 회천탄 수법으로 발사한 무령강전은 일직선으로 쏘아가고 보통 화살보다 세 배 이상 빠르다.

더구나 관도 양쪽의 불과 오 장 남짓한 거리에서 발사하기 때문에 도저히 피할 재주가 없다.

"뭐냐?"

"뭐가 공격하는 것인가?"

통천방 고수들이 우왕좌왕하면서 악을 썼다.

그리고 그와 동시에 관도에서 둔탁한 음향이 한꺼번에 터져 나왔다.

퍼퍼퍼퍼퍼퍽!

퍼퍼퍼퍽퍽퍽!

"흐악!"

"끄악!"

"와악!"

뜻밖의 일이다. 회천탄 급습은 화운룡의 예상을 뛰어넘을 만큼 위력적이었다.

관도의 이백오십여 장 길이 안에 갇혀 버린 통천방 고수들은 최초의 회천탄 공격에 무려 칠백여 명이 거꾸러졌다.

추호도 예상하지 않았던 상황인 데다 아무것도 보이지 않았고 또한 오 장이라는 가까운 거리에서 발사한 삼천육백 발의 무령강전은 피하고 자시고 할 새도 없이 통천방 고수들 몸뚱이에 여지없이 쑤셔 박혔다.

살아남은 자들은 실력이 출중해서 무령강전을 피한 것이 아니라 순전히 운이 좋았기 때문이다.

바깥쪽에 있던 동료들이 방패막이가 되어 무령강전에 꽂혀서 죽어주는 바람에 겨우 살아난 것이다.

그렇지만 운은 거기까지뿐이다.

투아아앙!

두 번째 무령강전 삼천육백 발이 재차 발사됐다.

통천방 생존자 사백여 명은 관도의 전후좌우와 허공으로 미친 듯이 솟구치며 무령강전을 피하려고 했다. 아니, 자신들을 죽이고 있는 것이 무엇인지도 모른 채 무작정 이리 뛰고 저리 뛰었다.

그러나 그들이 피하는 방향 어디에서도 무령강전이 소나기처럼 쏟아졌다.

퍼퍼퍼퍼퍽!

"우악!"

"끄윽……."

"크액!"

재수 옴 붙은 자는 한 몸에 대여섯 발의 무령강전이 꽂혀서 고슴도치가 되어 즉사했다.

투아아앙!

회천탄 공격이 연이어서 계속됐다.

한 번에 삼천육백 발씩의 말도 안 되는 어마어마한 무령강전들이 퍼붓듯 쏘아오자 통천방 고수들은 사방으로 뛰어다니다가 무더기로 거꾸러졌다.

관도의 선두와 후미 쪽의 통천방 고수들이 관도를 따라서 도주하려고 했으나 선두 쪽에서는 전직 혈영살수인 용설운검사들이, 그리고 후미에는 비룡은월문 최강고수인 십육룡신들이 굳건히 벽을 형성한 채 회천탄 공격을 퍼부었다.

"피, 피해랏! 크아악!"

"어디로 피해야 하느냐? 크액!"

관도는 아수라장에 아비규환으로 변했다. 작은 언덕처럼 수북하게 시체가 쌓였으며 그 위에 또다시 시체들이 계속해서 쌓여갔다.

통천방 고수들은 관도 변 양쪽으로는 접근도 하지 못했다. 회천탄 공격의 진원지가 관도 변 양쪽이거늘 가까이 갔다가 외려 고슴도치가 돼버렸다.

당하는 자들에게는 억겁(億劫)처럼 길게만 느껴졌던 회천탄 공격이 끝났다.

비룡은월문 검사들은 지니고 있는 무령강전 삼십 발을 다 쏘지 않았다.

세 발씩 네 번 쏘고 열네 발을 쏘고 나서 회천탄 공격을 멈춰야만 했다.

그러고는 화운룡조차도 예상하지 않았던 결과가 관도에 나타났다.

통천방의 최정예라고 할 수 있는 전격단 고수 삼백 명과 상급 일류고수인 신뢰단 고수 팔백 명, 그리고 그들 모두보다 고수인 통천패군과 최측근 십오 명 도합 천백여 명으로 이루어진 그들은 지금 완전히 지리멸렬돼 버렸다.

서 있는 자는 겨우 다섯 명에 불과했다. 그리고 그들 중에 춘추구패의 하나인 통천방 방주 통천패군이 섞여 있었다.

관도에는 무령강전에 꽂혀서 고슴도치가 되어 죽은 수백 구의 시체들과 아직 숨이 붙어 있지만 오래지 않아서 죽게 될 수백 명이 길고도 수북하게 쌓이거나 널브러져서 벌레처럼 꿈틀거리고 있었다.

여기저기에서 끙끙거리는 신음 소리가 난무한 가운데 통천패군을 비롯한 네 명은 무기를 뽑아 들고서 크게 당황한 얼굴로 두리번거리고 있었다.

통천패군은 누가 무엇 때문에 공격하는지도 모른 채 미친 듯이 도를 휘두르면서 막았음에도 불구하고 허벅지와 옆구리에 무령강전 두 발이 깊숙이 꽂혔다.

통천패군이라고 해도 오 장 거리에서 소나기처럼 쏘아대는 무령강전을 피할 수 있는 재주가 없었다.

그래서 도를 뽑아 마구잡이로 휘둘러 몸 주위에 도막(刀幕)을 펼쳐서 무령강전을 퉁겨내며 간신히 목숨을 부지했지만 도막 틈새를 뚫고 들어와 쑤셔 박히는 무령강전까지는 어쩌지 못했다.

그는 퀭한 눈으로 헐떡거리면서 두려움에 쌓인 눈으로 주위를 둘러보았다.

통천패군 주위에 서 있는 네 명은 그의 제자들 중에 살아남은 자들이다.

그들 역시 회천탄에 무사하지 못했다. 어깨며 등, 복부, 다리에 무령강전이 서너 발씩 꽂혔음에도 겨우 서 있었다.

회천탄의 위력은 상상을 초월하는 수준이었으며, 통천방 고수들의 실력은 예상했던 것보다 저조했다.

통천패군과 네 명의 제자들은 몸에 꽂힌 무령강전과 졸지에 당한 충격의 여파에 휩싸인 채 도망칠 엄두도 내지 못한 채 그 자리에 옹송그리고 모여 있었다.

화운룡으로서는 통천방 본진 세력을 흩어지게 해서 주살한다는 계획까지 가지 않아서 좋았다.

이윽고 관도의 전후좌우에서 비룡은월문 검사들이 어둠을 뚫고 천천히 모습을 드러냈다.

통천패군은 분노와 공포가 범벅된 표정으로 눈을 희번덕이며 악을 썼다.

"웬 놈들이냐?"

통천패군과 네 명의 제자들은 만신창이 몸으로 허둥거리면서 무기를 움켜쥐었다.

그러나 비룡은월문 검사들은 통천패군 등을 이 장 거리를 두고 에워쌀 뿐 아무 말도 하지 않았다.

통천패군 등은 낯선 인물 수백 명이 자신들을 겹겹이 에워싸자 공격할 엄두를 내지 못하고 오히려 더 위축이 되어 자기들끼리 동그랗게 모여들었다.

그렇지만 통천패군은 제자들 앞에서 마지막 자존심을 잃지 않으려고 애썼다.

"웬 놈들이냐고 물었다!"

"비룡은월문이다."

"……"

통천패군과 네 명의 제자는 자신들을 급습한 괴한들이 비룡은월문일 것이라고는 일 푼도 예상하지 않았다.

사천오백여 명의 통천방 전 고수들을 이끌고 비룡은월문을 괴멸시키러 가고 있는 중인데 그들에게 이 지경이 되고 말았으니 머릿속이 흙탕물처럼 뒤엉켰다.

크게 놀란 표정의 통천패군은 방금 말한 사람을 찾으려고 두리번거리다가 겨우 발견했다.

"너는 누구냐?"

"나는 비룡은월문 군사 장하문이다."

육십오륙 세의 나이에 반백의 수염을 짧게 기른 위맹한 용모의 통천패군은 눈을 부릅뜨며 호통을 쳤다.

"내가 누군지 아느냐?"

장하문은 비웃는 듯한 미소를 지었다.

"통천패군 위헌량(魏軒良) 아니냐?"

통천패군이라는 쟁쟁한 별호를 내세워보려고 했는데 상대가 자신이 누군지 다 알고서 공격했다는 사실에 통천패군 위헌량은 말문이 막혔지만 곧 정신을 차리고 버럭 화를 냈다.

"비룡은월문이 무엇 때문에 본 방을 공격한 것이냐?"

장하문은 은한천궁을 멸문시키고 비룡은월문까지 멸문시키려다가 역공을 당해서 겨우 목숨만 부지하고 있는 처지에 화를 내고 있는 통천패군에게 역겨움을 느꼈다.

"비룡은월문을 멸문시키려고 네가 이끌고 온 통천방 사천오백 명은 다 죽고 이제 너희 다섯 명만 남았다."

"……."

통천패군과 네 제자의 얼굴에 경악과 절망과 분노가 한꺼번에 떠올랐다.

그는 조금 전 남쪽에서 들린 싸움 소리와 비명 소리가 무엇 때문인지 확인하기 위해 무리를 이끌고 남쪽으로 달려오던 중에 급습을 당했다.

정체 모를 자들에게 집중 공격을 당해서 떼죽음을 당하는 와중에도 남쪽에 있는 수하들이 달려와서 자신들을 구해줄 것이라는 한 가닥 기대를 버리지 않았다.

그런데 자신이 이끌고 온 사천오백 명이 깡그리 죽고 겨우 다섯 명만 살아남았다는 말에 딛고 선 땅이 푹 꺼지는 절망을 느꼈다.

그는 평소 거들먹거리던 영웅의 기색은 간데없고 일그러진 얼굴로 하소연하듯이 말했다.

"도대체 비룡은월문이 무엇 때문에 이러는 것이냐?"

그때 맞은편에서 누군가 조용한 목소리로 말했다.

"하룡, 비루한 자의 넋두리는 더 이상 들을 것 없다."

그러자 장하문 이하 비룡은월문의 전 검사들이 목소리의

주인을 향해 허리를 굽혔다.

"주군!"

움찔 놀란 통천패군은 모두의 인사를 받고 있는 준수한 청년을 쳐다보았다.

그러고는 그가 한 번도 본 적이 없지만 근래 강소성 남쪽지방에서 태양처럼 빛나는 존재인 비룡공자라는 사실을 직감했다.

"귀하가 비룡공자인가?"

통천패군이 제법 예의를 갖춰서 물었지만 화운룡은 대답하지 않고 오히려 백진정에게 명령했다.

"정아. 이자를 제압하고 나머지는 죽여라."

"무… 무슨……."

통천패군과 제자들이 놀라서 허둥거리는데 명령을 받은 백진정이 검을 뽑으면서 곧장 그들에게 걸어갔다.

스릉…….

통천패군과 네 제자는 에워싼 무리 중에서 흑의 경장을 입은 한 명의 젊은 여자가 자신들을 향해 똑바로 걸어 나오자바짝 긴장하여 무기를 잡은 손에 힘을 주었다.

통천패군 등은 비록 무령강전이 여기저기에 꽂혀 있는 비참한 몰골이지만 그래도 통천방의 방주이며 그의 제자들인데기껏 여자 한 명이 자신들을 상대하러 나오는 것을 보고 속이 뒤틀렸다.

"건방진 계집! 물러나라!"

"더 가까이 다가오면 죽이겠다!"

네 명의 제자들은 감히 백진정을 공격하지는 못하고 마치 똥개가 자기 집 안에서 지나가는 나그네를 보고 짖어대듯이 악을 썼다.

그들은 몸 여기저기에 무령강전을 두 개에서 세 개까지 꽂은 채 몸도 마음도 만신창이가 되어 겨우 서 있는 상태라서 공격할 엄두를 내지 못하고 악만 바락바락 썼다. '더 다가오면 물 거야!' 하는 식이다.

백진정이 똑바로 걸어오자 그들은 주춤거리면서 물러나려다가 더 이상 물러날 곳이 없으니까 서로 눈빛을 교환하더니 목에 핏대를 세우고 발악하듯 맹공을 퍼부었다.

"죽어라!!"

백진정은 눈 하나 까딱하지 않고 쥐고 있는 검을 뺐었다.

쉬이익!

네 명의 제자가 백진정을 향해 도검으로 전력을 다해서 맹렬하게 합공을 펼치는데 그녀는 그저 그들 한복판으로 검을 쭉 뺐을 뿐이다.

그러나 절정고수인 통천패군은 봤다. 백진정의 검이 네 제자의 미간을 무척이나 간결하고도 빠르게 찌르는 광경을. 너무 빨라서 그저 앞으로 쭉 뻗은 것처럼 보였던 것이다.

네 제자의 동작이 뚝 정지했고, 백진정은 아무 일도 없었다는 듯이 통천패군에게 걸어갔다.

"끄으으……."

"흐으으."

백진정이 통천패군 앞에 이르렀을 때 네 제자가 풀썩풀썩 쓰러졌다.

통천패군은 백진정이 무시 못 할 고수라는 사실을 직감했다.

이제 통천방 고수 사천오백여 명이 다 죽고 통천패군 혼자만 남았다.

생각이 있는 사람은 상황이 이런 지경에 이르렀다면 스스로 자결이라도 해야 정상이지만 통천패군은 끝까지 모두에게 실망스러운 모습을 보여주었다.

통천패군은 표정이 여러 차례 복잡하게 변하더니 쥐고 있던 도를 땅에 버리고는 화운룡이 있는 쪽을 돌아보았다.

"항복하겠다."

쨍강!

그는 옆구리와 허벅지에 무령강전이 꽂힌 상태에서 두 팔을 벌리며 애써 초연한 표정을 지었다.

"죽이든지 살리든지 마음대로 해라."

화운룡이 대수롭지 않게 말했다.

"정아, 생각이 변했다. 그놈을 죽여라."

통천패군은 크게 놀라서 화운룡에게 항의했다.

"항복을 했는데 죽인다는 것이냐? 너는 무림의 법도를 모르는 것이냐?"

그의 모습이 너무도 비참하게 보였다.

第七章
홍투정수, 흑투정수

화운룡이 담담하게 말했다.

"통천방이 아무 원한도 없는 비룡은월문을 공격하는 것도 무림의 법도냐?"

"나는……."

통천패군은 더듬거리며 말을 잇지 못하다가 겨우 변명을 늘어놓았다.

"본 방은 비룡은월문을 공격한 적이 없다. 그리고 지금 우리는 중요한 일로 항주에 가는 길이었지 비룡은월문하고는 하등의 관계가 없다."

화운룡이 좌중을 천천히 둘러보았다.

"형비와 호우종은 어디에 있느냐?"

"여기에 있습니다! 주군!"

얼마 전까지 통천패군의 제자였으며 그때는 황정군주와 신월군주라고 불렸던 형비와 호우종이 비룡은월문 검사들 사이에서 당당하게 걸어 나왔다.

화운룡은 두 사람에게 형비가 멸문시켰던 은한천궁의 생존자들로 이루어진 은한검대에 들어가서 용서를 받으라고 명령했다.

그러자 두 사람은 화운룡의 명령을 받아들여서 은한검사가 되어 이번 싸움에 참가한 것이다.

통천패군은 형비와 호우종을 보고 놀라면서도 어이없는 표정을 지었다.

"너희들……."

화운룡이 말을 자르고 형비와 호우종에게 물었다.

"너희는 이자의 말을 믿느냐?"

형비와 호우종은 통천패군을 똑바로 주시하며 단호한 목소리로 대답했다.

"믿지 않습니다."

통천패군의 얼굴이 보기 싫게 일그러졌다.

"네놈들이 감히……."

그나마 이성적인 호우종은 가만히 있는데 성격이 급하고 직선적인 형비는 분을 참지 못하고 검을 뽑으며 통천패군에게 다가섰다.

스릉!

"주군! 제 손으로 이자를 죽이도록 허락해 주십시오!"

"물러나라. 그자를 죽일 사람은 따로 있다."

형비와 호우종은 자신들이 하늘같이 믿었던 사부에게 단지 소모품 미끼로 사용되고 버려졌다는 사실에 지독한 원한을 품고 있었다.

그리고 나중에 알게 된 사실이지만 통천패군이 천외신계와 결탁하여 중원 무림을 팔아넘기려고 했다는 사실에 중원인의 한 사람으로서 분노를 금하지 못했다.

화운룡이 물었다.

"형비, 호우종. 너희는 일전에 누구의 명령으로 비룡은월문을 공격했었느냐?"

이번에는 호우종이 똑바로 통천패군을 가리키며 대답했다.

"저 사람입니다. 그가 비룡은월문을 괴멸시키라고 저와 형비에게 통천방 고수 천오백 명과 강소성 남쪽 지방의 지부와 분타의 생살여탈권을 주어서 보냈습니다."

"네 이놈… 그따위 헛소리를……."

통천패군이 부들부들 떨었지만 화운룡은 개의치 않고 이번에는 형비에게 물었다.

"형비, 너에게 은한천궁을 멸문시키라고 명령한 사람이 누구였느냐?"

형비는 대뜸 통천패군을 가리켰다.

"저놈입니다!"

"그렇게 해서 멸문당한 은한천궁의 소궁주가 지금 이 자리에 있다."

화운룡은 통천패군을 단칼에 죽일 수도 있으나 그가 모두에게 능멸을 당하는 꼴을 보여주고 싶었다.

"정아, 원수를 갚아라."

화운룡의 말이 떨어지자 통천패군은 후드득 몸을 떨더니 화운룡을 보며 마구 소리 질렀다.

"비룡공자! 똑똑히 들어라! 나는 알고 있는 것이 매우 많다! 지금 광덕왕이 너와 정현왕을 죽이러 가고 있다! 그뿐만이 아니라 천외신계에 대해서도 나는 많은 것을 알고 있다! 너는 천외신계가 무엇인지 아느냐?"

화운룡이 대답하지 않자 그는 가까이 다가오고 있는 백진정을 한 번 보더니 절박하게 울부짖었다.

"천외신계가 천마혈계를 발동했다! 현재 무림은, 아니, 천하는 혈풍이 불기 시작했다! 천하는 절대로 천마혈계를 막아내지 못할 것이다! 그러나 나를 살려주면 내가 알고 있는 모든 것들을 다 얘기해 주겠다!"

백진정은 통천패군이 하는 말 때문에 그를 죽이지 못하고 우두커니 서 있었다.

그가 말하는 정보를 화운룡이 원할지도 모른다고 생각했기 때문이다.

그러나 화운룡은 냉정하게 백진정을 꾸짖었다.

"어서 죽이지 않고 뭘 하느냐?"

"이봐! 날 죽이면⋯⋯."

사악⋯⋯.

백진정의 검이 한차례 허공에서 번뜩이며 푸른 검광을 아름답게 흩뿌렸다.

"끄윽⋯⋯."

이백사십 년 공력의 통천패군은 백진정에 비해서 훨씬 고수지만 무령강전을 두 발이나 맞아서 평소 무위의 절반에도 미치지 못하는 형편이었다.

더구나 그는 절박한 상황에 처해 있는 터라서 저항할 생각조차 하지 못했다.

전대에 이어서 장장 팔십여 년 동안 강소성을 제패했던 통천방의 대(代)가 이렇게 끊어졌다.

백진정의 검에 목이 잘렸는데도 통천패군은 그 자리에 서서 눈을 껌뻑거리면서 방금 전의 말을 이었다.

"날 죽이면 후회하게 될… 거… 다……."

그는 자신의 목이 베어졌다는 사실을 알지 못했다. 백진정의 검법은 그처럼 훌륭했다.

인간이라면 죽는 경험을 단 한 번 해볼 것이다. 통천패군은 마지막 숨이 끊어지기 직전까지 자신이 살아 있다는 착각을 하고 있었다.

＊　　　　＊　　　　＊

천하에 엄청난 소문이 퍼졌다.

비룡은월문이 감쪽같이 사라졌다고 한다. 아니, 비룡은월문이 있던 백암도 전체가 통째로 사라졌다는 것이다.

그뿐만 아니라 태주현에 거주하고 있던 백성 사십만 명도 깡그리 사라져서 태주현 내에서는 사람의 모습을 찾아볼 수 없다고 한다.

이따금 보이는 사람은 여행자이거나, 볼일 때문에 태주현에 들어왔다가 아무도 없는 상황을 확인하고는 어이없는 표정을 지으면서 떠나갔다.

엄청난 소문은 그것뿐이 아니다. 지난 수십 년 동안 춘추구패의 하나이며 강소성의 절대자로 군림했던 통천방이 하루저녁에 멸문했다는 것이다.

처음에 사람들은 태주현에서 비룡은월문이 사라졌다는 소문이 났던 이유가 비룡은월문 고수들이 통천방을 공격하려 비룡은월문을 비웠기 때문일 거라고 착각을 했다.

말하자면 비룡은월문이 사라진 것이 아니라 문을 비웠다는 뜻으로 해석한 것이다.

그런데 나중에 알고 보니까 비룡은월문이 있는 백암도가 강물 속으로 잠겨 버린 것처럼 통째로 사라진 것이 사실이고, 통천방이 비룡은월문을 괴멸시키려고 사천오백여 명의 고수를 동원해서 남하하다가 중도에서 오히려 비룡은월문에게 괴멸당했다는 소문도 사실이라는 것이다.

그렇지만 통천방을 괴멸시킨 후에도 태주현 동태하의 비룡은월문은, 아니, 백암도는 다시 모습을 드러내지 않았다.

이 불가사의한 소문은 삽시간에 천하로 퍼져 나갔다.

*   *   *

비룡은월문을 떠나온 지 칠 일째에 화운룡 일행은 숙천(宿遷)이라는 현에서 머물고 있는 중이었다.

숙천은 강소성 북부 지방이며 북쪽으로 이백여 리만 더 가면 산동성에 이른다.

화운룡은 폭이 삼십여 장에 이르는 거대한 운하 변에 위치한 청명루(淸明樓)라는 매우 큰 주루 창가 자리에 앉아서 식사를 하고 있다.

이 주루 청명루는 숙천현에서 가장 규모가 크고 유명한 곳이며 대륙상단 소유다.

지금 화운룡 맞은편에는 몽개와 반옥이 앉아 있지만 청명루의 루주는 자기네 주루에 대륙상단 총단주가 와 있다는 사실을 까맣게 모르고 있다.

대륙상단은 워낙 덩치가 커서 이 정도의 주루는 호랑이의 털 하나에 불과한 수준이다.

강소성 남쪽 지방에서 위세를 떨치고 있는 해룡상단이지만 대륙상단에 비하면 월광과 반딧불이의 차이가 난다.

현재 세상에는 대륙상단과 해룡상단이 서로 다른 상단이라고 알려져 있지만 실제로는 두 상단을 통합하는 작업이 한창 진행되고 있는 중이다.

오래지 않아서 예전 대륙상단보다 더 거대해진 초유의 상단이 천하에 출현하게 될 것이다.

몽개가 공손히 보고했다.

"동창고수들은 현재 산동성과 강소성의 경계 지역인 신안현(新安縣)을 지나고 있으며 황궁고수들은 회녕현(瞻寧縣)에 머물러 있습니다."

화운룡은 이번 일에 비웅신과 개방 두 곳의 정보를 두루 받고 있었는데 그 두 개의 정보를 비교 분석하면 더욱 정확한 결과를 이끌어낼 수가 있기 때문이다.

"북경에서 황궁고수들과 동창고수들이 각각 따로 출발했는데 회녕현에 있는 황궁고수들이 움직이지 않고 있는 것으로 봐서는 동창고수들을 기다리고 있는 것 같습니다."

동창고수들이 지났다는 신안현은 이곳에서 북쪽으로 이백여 리에 있으며, 황궁고수들이 머물고 있는 회녕현은 서쪽 삼십 리에 있다.

개방에서 몽개에게 보낸 보고를 묵묵히 듣고 있던 화운룡이 술을 한 잔 마시고 빈 잔을 내려놓자 옆자리의 보진이 공손히 술을 따랐다.

"그게 아닌 것 같아."

"무슨 말씀이신지……."

화운룡의 중얼거림에 몽개는 자신이 보고를 잘못한 것 같아서 바짝 긴장했다.

"우리가 통천방을 멸문시켰다는 소문이 무림에 파다하게 났다고 그랬지?"

"그렇습니다."

몽개는 처음에 화운룡을 만났을 때보다 지금 그를 훨씬 더 존경하고 있다.

비룡은월문 사람이라면 모두가 그렇듯이 몽개에게 화운룡

은 신이나 다름이 없는 존재다.

"그 소문이 파다하게 퍼졌다면 광덕왕도 당연히 들었겠지."

"그렇겠지요."

화운룡은 보진이 건네준 술잔을 받아 마시고 나서 말했다.

"그런데도 황궁고수와 동창고수들을 북경으로 불러들이지 않았다는 것은 무슨 뜻이겠는가?"

"자기는 통천방하고는 다르다고 생각하는 것이겠지요."

통천방 세력은 사천오백여 명이었지만 광덕왕은 황궁고수와 동창고수 천 명만이 아니라 군사를 삼만 명이나 보냈다는 점이 다르다.

"군사가 삼만 명이나 있으니까 그것으로 본 문을 괴멸시키는 것이 충분하다고 믿을 겁니다."

화운룡은 보진이 맛있는 요리를 집어서 입에 대주자 넙죽 받아먹고 나서 우물우물 씹으면서 말했다.

"느낌이 좋지 않아."

반옥은 보진이 마치 아내나 몸종처럼 화운룡의 시중을 드는 것을 보고 신선한 충격을 받은 듯한 표정을 지었다.

몽개는 그런 광경을 자주 봤기에 신경 쓰지 않고 의아한 표정으로 물었다.

"왜 그리십니까?"

"황궁고수들과 동창고수들은 처음부터 북경에서 따로 출발을 했는데 하필 여기에서 합류한다는 것이 이상하지 않은가?"

몽개는 고개를 모로 꼬았다.

"그건 그렇군요."

반옥이 오랜만에 말문을 열었다.

"주군, 그냥 덮쳐서 섬멸하면 어떤가요?"

화운룡은 고개를 끄떡였다.

"그렇게 하는 것이 원래의 방법이었지만 돌아가는 형편을
보니까 생각을 바꿔야겠어."

"어떻게 말인가요?"

"일단 황궁고수들과 동창고수들을 잘 감시하도록 하게. 그
들의 행동 여하에 따라서 결정을 할 테니까."

"알겠습니다."

두 사람은 공손히 고개를 숙였다.

화운룡 일행은 머물고 있는 숙천현에서 움직이지 않았다.

강소성 북부 지방 물류와 교통의 중심지인 숙천현은 웬만
한 도성보다 규모가 크기에 대륙상단과 해룡상단에서 운영하
는 크고 작은 규모의 업체와 사업장, 장원을 수십 곳이나 보
유하고 있다.

그래서 화운룡을 비롯한 비룡은월문 천이백여 명은 숙천현
의 몇 개의 장원에 분산해서 머물고 있는 중이다.

숙천현 근교 북쪽에 있는 아름다운 호수 진마호(眞馬湖) 변에 고풍스러운 장원이 있으며 가릉장(佳陵莊)이라고 한다.

화운룡과 최측근들이 가릉장에 머문 지 이틀째다.

용설운검대주 무결이 한 명의 용설운검사를 데리고 화운룡의 거처로 찾아왔다.

"주군, 새로운 소식입니다."

무결은 예를 취한 후에 데리고 온 용설운검사에게 직접 보고하도록 했다.

"황궁고수들의 최고 우두머리인 황위장(皇衛長)이 머물고 있는 회녕현의 장원에 어떤 인물들이 들어갔습니다."

황위장을 찾아온 인물은 모두 삼십이 명이며 두 명이 우두머리이고 삼십 명이 수하인 것 같다고 했다.

삼십이 명이 찾아오자 황위장은 정중하게 그들을 영접했으며 오늘 밤에 그들을 위해서 연회를 베풀 것이라고 한다.

보고를 듣고 난 화운룡이 용설운검사에게 물었다.

"그들의 행색이 어땠느냐?"

"보통 무림인 행색이었습니다."

직접 자신의 눈으로 본 용설운검사가 덧붙였다.

"그러나 삼십이 명이 행동하는 것을 봤을 때 초일류고수 이상 수준이 분명했습니다."

"음."

화운룡은 잠시 생각하다가 용설운검사에게 물었다.

"그 장원에 황궁고수가 몇 명 정도 묵고 있느냐?"

"파악한 바로는 황위장을 비롯하여 백 명 정도였습니다."

"다른 황궁고수들은 어디에 묵고 있지?"

"사백 명이 여섯 군데 장원에 분산해서 묵고 있으며 가장 가까운 장원이 삼 리 정도 거리입니다."

"오늘 밤에 연회를 연다고 했는데 언제쯤인가?"

"유시(酉時: 저녁 6시경)입니다."

"수고했다."

화운룡은 용설운검사를 물러가게 하고 측근들을 모이게 했다.

*   *   *

탁자에 화운룡과 장하문, 운설, 명림, 홍예, 창천, 총대주 당평원, 비룡검대주 감형언, 용설운검대주 무결이 둘러앉아 있으며 분위기가 자못 엄숙했다.

당평원과 감형언, 무결은 주군인 화운룡과 동석했다는 사실 때문에 몹시 긴장하고 있는 모습이다.

화운룡이 처음부터 결론을 말했다.

"오늘 밤에 회녕현의 황위장과 황궁고수들이 묵고 있는 장원을 급습할 계획이다."

운설을 비롯한 모두들 예상하고 있었던 터라서 그다지 놀라지 않았다.

"나와 운설, 명림, 예아, 건곤쌍쾌, 십육룡신, 비룡검대, 용설운검대가 가게 될 것이다."

장하문 이하 모두들 움찔 놀랐다. 상대는 백삼십여 명인데 이쪽에서 배에 가까운 이백오십여 명이나 간다고 하니까 놀랄 수밖에 없다.

장하문이 짚이는 것이 있어서 긴장한 얼굴로 물었다.

"주군, 그곳에 찾아왔다는 삼십이 명 때문에 그러십니까?"

화운룡은 고개를 끄떡였다.

"그렇네."

"혹시 그 삼십이 명이 천외신계 인물들일 것이라고 생각하시는 것입니까?"

"그래."

장하문의 입에서 '천외신계'라는 말이 나오자 사람들이 흠칫 놀랐다가 화운룡이 '그렇다'고 대답하니까 다들 적잖이 놀라는 표정을 지었다.

징허 문의 얼굴이 돌처럼 굳어졌다.

"그렇다면 광덕왕이 본 문을 공격하려는 것은 천외신계의 뜻이겠군요."

"광덕왕은 정현왕 전하를 죽이는 것이 목적이고 천외신계는 강소성을 장악하는 것이 목적이니까 둘의 목적이 맞아떨어지는 것이라고 봐야지."

"그렇다면 통천방에게 본 문을 괴멸시키라고 조종한 것도 천외신계겠군요?"

"그렇겠지."

천외신계로서는 통천방이든 광덕왕이든 어느 누가 비룡은월문을 괴멸시키더라도 상관이 없었을 것이다. 결과적으로는 강소성이 자기들 수중에 떨어질 테니까 말이다.

그동안 천외신계의 뜻대로 움직였던 사해검문이나 태극신궁, 그리고 그 두 세력이 합쳐진 태사해문이 줄곧 비룡은월문을 어떻게 해보려고 애썼지만 허사였다.

그래서 결국 이미 천외신계에게 장악됐던 통천방을 동원해서 비룡은월문을 괴멸시키려고 했는데 뜻밖에도 통천방이 괴멸당해 버리는 어이없는 일이 벌어지고 말았다.

그래서 광덕왕이 황궁고수와 동창고수 천 명에다 삼만 군사까지 동원했는데도 믿음이 가지 않아서 천외신계 인물 삼십이 명을 직접 투입한 것이라는 게 화운룡의 추측이다.

장하문의 표정이 점점 더 굳어졌다.

"황궁고수 쪽에 합류한 천외신계 고수 삼십이 명은 무척 고강하다고 봐야겠군요."

"그럴 거야."

장하문을 비롯한 중인은 그제야 화운룡이 비룡은월문에서 가장 막강한 주축 이백오십여 명을 어째서 선발했는지 이유를 알게 되었다.

화운룡은 제삼검대인 진검대와 제사검대 운검대 이백칠십 명을 더 데리고 회녕현으로 갔다.

황궁고수 황위장이 머물고 있는 장원 봉양장(鳳陽莊) 외곽 백 장 밖 은밀한 곳에 진검대와 운검대를 매복시켜서 언제든지 부르면 봉양장 안으로 밀려 들어오거나 아니면 포위망을 칠 수 있도록 해두었다.

봉양장 주위에는 어둠이 자욱하게 내려앉았지만 장원 내의 전각 한 곳은 불이 환하게 밝혀져 있다.

그곳에서 연회가 벌어지고 있는 중이다.

운설과 명림은 때아닌 하녀 노릇을 하게 됐다.

두 여자는 제압한 하녀 두 명의 옷으로 갈아입고는 술과 요리가 담긴 커다란 쟁반을 들고 하녀들 속에 섞여서 연회가 벌어지고 있는 대전 안으로 들어갔다.

운설과 명림이 하녀로 변장하는 것이 가능했던 이유는, 오늘 연회를 열기 위해 회녕현 내의 유명한 주루에서 수십 명의 숙수들과 하녀들을 대거 불러왔기 때문이다.

만약 운설과 명림이 봉양장에 소속된 하녀로 변장했다면 즉시 탄로 나고 말았을 것이다.

그렇지만 화운룡에겐 그런 운이 따라주지 않았다. 그는 연회가 벌어지고 있는 전각에 자연스럽게 접근하기 위해서 애쓰다가 결국 대전 입구를 지키고 있는 봉양장의 호위무사로 변장하는 데 성공했다.

그나마도 호위무사 한 명이 측간에 가는 것을 따라가서 제압하여 그자의 옷으로 갈아입고, 슬그머니 그자가 섰던 대전 입구 자리로 끼어들 수 있었던 것이 행운이다.

황궁고수들의 무공 수준이야 뻔하지만 천외신계 고수일 것이라고 짐작한 삼십이 명이 어떤 인물들인지 눈으로 직접 확인을 해야지만 급습을 할 수가 있다.

상대를 모르고 무작정 공격하는 것만큼 어리석은 짓은 없다는 것이 화운룡의 지론이다.

화운룡이 연회장 안의 상황을 파악할 때까지 비룡은월문 사람들은 봉양장 밖에서 대기하고 있었다.

산뜻한 청의 경장 위에 두툼한 솜 누비옷을 입고 어깨에는 커다란 대감도를 멘 봉양장 호위무사 모습인 화운룡은 대전 입구 오른쪽에 다른 호위무사 두 명과 나란히 서 있었다.

대전의 문이 열려 있어서 불빛이 새어 나오고 있지만 대전 입구 양쪽은 어두운 데다 호위무사들이 다섯 걸음씩 떨어져 있기 때문에 가까이 와서 얼굴을 들여다보지 않는 한 화운룡이 자신들의 동료가 아니라는 사실을 알아보지 못할 것이다.

화운룡은 정면을 보면서 우뚝 서 있지만 대전 안에서 나누는 대화를 생생하게 들을 수 있다.

또한 하녀로 변장하여 대전 안에 들어가서 시중을 들고 있는 운설과 명림이 안의 상황에 대해서 쉬지 않고 전음을 보내고 있으므로 눈으로 보는 것이나 다름이 없다.

운설과 명림이 전음으로 전해준 말이나 화운룡이 직접 들은 대화에 의하면 대전 안에 있는 삼십이 명은 천외신계 고수들이 분명했다.

황궁고수의 우두머리인 황위장이 가끔 '천신국(天神國)'이나 '여황 폐하' 또는 '천신대계'라는 말을 했다.

천신국은 천외신계를 가리키고 여황 폐하는 천외신계의 우두머리를 가리킬 텐데 여자인 여황이라는 사실이 뜻밖이다.

그리고 천신대계란 천마혈계를 달리 말하는 것 같다.

황위장이 그런 말을 했다면 삼십이 명은 천외신계 고수들이 분명하다.

운설의 진음이 전해졌다.

[여보, 여기에 있는 천외신계 우두머리 두 명 중에 한 명이

방금 삼십 명의 천외신계 놈들을 흑투정수(黑鬪精手)가 스무 명이고 홍투정수(紅鬪精手)가 열 명이라고 말했어요. 여보, 사랑해요.]

운설은 중요한 정보를 알려준다는 핑계로 화운룡을 '여보'라 부르고 '사랑한다'는 말까지 하는 객기를 부렸다.

화운룡은 대전 안의 대화를 다 듣고 있지만 여러 명의 말이 뒤섞여서 어느 것이 누구의 말인지 분간하기 어려웠는데 운설이 제때 전음을 해주었다.

'투정수'라는 것은 천외신계의 정예고수라고 알고 있었다. 화운룡은 지난번 황산파에서 녹투정수들과 싸웠던 경험이 있는데 그들은 녹성고수에 비해서 거의 절반 이상 고강했다.

천외신계 색성칠위 최하급인 녹성 위에는 백성, 황성, 남성이 있으며, 그 위에 흑성이니까 흑성은 녹성보다 네 등급 높고 그보다 한 등급 높은 것이 홍성이다.

홍성 위에 금성이 있으며 금성이 색성칠위의 최고 등급이다.

그리고 그 위에 반신반인이라는 신조삼위 존번, 절번, 초번이 있다고 했다.

화운룡이 보진과 양체합일하여 모산파에서 존번인 십존왕 존북사왕과 싸운 적이 있으며 합체를 했는데도 불구하고 그 자를 매우 어렵게 죽였다.

하지만 그때는 화운룡이나 보진 둘 다 지금처럼 공력이 고강하지 않았기 때문에, 그때와 지금은 다를 수밖에 없다.

그러나 색성칠위의 최고 등급인 금성 바로 아래 홍성과 그 아래 흑성의 정예고수인 홍투정수와 흑투정수라면 결코 만만하게 볼 상대가 아닐 것이다.

화운룡은 일단 홍투정수를 십육룡신 각자와 비슷한 수준으로 보고, 흑투정수는 십육룡신보다 한 수 아래로 측정했다.

그래서 홍투정수 열 명을 십룡신이 상대하게 하고 용신의 나머지 육룡신과 용설운검대의 절반인 오십삼 명을 투입하면 흑투정수 이십 명을 능히 감당할 수 있을 것이다.

그리고 황위장을 비롯한 황궁고수 백 명은 용설운검대의 나머지 오십삼 명과 비룡검대 전체 백이십 명 도합 백칠십삼 명이면 너끈하게 전멸시킬 수 있다.

화운룡은 작전을 절대로 팽팽하고 아슬아슬하게 잡지 않았다. 쌍방이 팽팽하다는 것은 적이 죽을 수도 있고 우리 쪽이 죽을 수도 있다는 뜻이다.

그렇기 때문에 무조건 우리 쪽이 다치거나 죽지 않는 작전을 짜야만 한다.

거기까지는 됐는데 문제는 홍투정수와 흑투정수 삼십 명의 우두머리라는 두 명이다.

그들이 어떤 존재인지 몰라서 일단 화운룡 자신과 운설, 명림 셋이서 상대하는 것으로 잡았다.

'나 혼자 두 명을 다 처치할 수 있다'는 무모한 영웅심 같은 것은 팔십사 세 먹고 다시 과거로 회귀한 젊은이에겐 없다고 보면 된다.

나이 많은 노인의 장점은 젊은이들보다 무지하게 꼼꼼하고 깐깐하다는 사실이다.

대전 안에서는 연회가 무르익고 있다. 처음에는 몇 사람의 말소리만 들리더니 시간이 흐르고 술이 들어가서인지 이제는 연회에 참가한 전원이 두런두런 대화를 나누고 있다.

시각이 해시(亥時: 밤 10시경)가 지나고 있어서 화운룡은 더 기다릴 수가 없다고 생각했다.

시각이 늦어지면 연회가 끝날 수 있기 때문에 그 전에 공격을 해야만 한다.

슥……

화운룡은 몸을 돌려 대전 입구로 걸어갔다.

대전 입구 양쪽에 서 있던 호위무사들이 의아한 표정으로 그를 돌아보았다.

"이봐, 어딜 가는 거야?"

화운룡은 돌아보지 않고 아무런 행동을 취하지도 않았다.

그렇지만 그의 몸에서 무형지기 한 줄기가 뿜어지더니 그것이 여러 가닥으로 나누어져서 날아가 다섯 명의 호위무사들의 혼혈을 제압해 버렸다.

파파파팟…….

호위무사들은 그 자리에 스르르 주저앉아서 그대로 깊은
잠에 빠져들었다.

화운룡은 대전 입구를 통과하면서 짧게 명령했다.

[진입하라.]

그러고는 발소리를 울리면서 안으로 곧장 걸어 들어갔다.

저벅저벅…….

넓은 대전 안에서는 연회가 한창 무르익고 있었으며 대전
입구로 걸어 들어오는 화운룡을 쳐다보는 사람은 운설과 명
림 두 사람뿐이다.

왜냐하면 대전 안이 많이 어수선한 데다 술과 요리를 나르
느라 하녀들이 분주하게 대전 입구로 드나들고 있기 때문이
다.

화운룡은 대전을 가로질러 걸어가면서 연회장에 하녀가 십
여 명 있는 것을 보고 즉시 그녀들에게 전음을 보냈다.

[하녀들은 즉시 밖으로 나가라.]

공격이 가해지면 십중팔구 죄 없는 하녀들이 죽거나 크게
다칠 것이다.

지금 이대로 공격하는 것이 정석이지만 화운룡은 하녀들을
살리고 싶었다.

하녀들은 깜짝 놀라는 표정을 짓더니 두리번거리다가 잠시 후 줄줄이 대전 입구로 향했다.

하녀들은 자신들이 들은 말이 전음이라는 생각은 꿈에도 하지 못하고 황위장이나 높은 사람의 명령이라고만 생각했다.

[어서 서둘러서 나가라.]

슬금슬금 나가던 하녀들이 화운룡의 두 번째 전음에 화들짝 놀라서 뛰듯이 대전 입구로 몰려갔다.

그제야 연회장의 몇 명이 이상한 낌새를 느끼고 대전 입구를 쳐다보았다.

황위장이 아직 나가지 않고 근처에 서 있는 운설과 명림에게 인상을 쓰면서 나직이 호통을 쳤다.

"무슨 일이냐?"

그 순간 화운룡의 공격 명령이 떨어졌다.

[죽여라!]

운설이 종종걸음으로 황위장에게 다가가며 허리를 굽혔다.

"다름이 아니오라……."

황위장은 인상을 쓰면서 그녀의 다음 말을 기다렸다.

그러나 그는 운설의 다음 말을 듣지 못하고 그녀가 불쑥 뻗은 오른손의 일장 강기를 맛봐야만 했다.

운설의 입가에 싸늘한 미소가 매달렸다.

"죽을 시간이 됐다는 얘기다!"

위이잉!

황위장은 놀라는 표정조차도 짓지 못하고 '이거 뭐야?' 하는 얼굴로 바라보기만 했다.

그 정도로 운설의 급습이 갑작스러웠고 위맹했으며 또한 빨랐다는 뜻이다.

뻐억!

황위장의 머리통이 박살 났다.

일 장 반 거리에서 뿜어내는 이백사십 년 공력을 지닌 운설의 항룡강기(亢龍罡氣)를 황위장이 피하거나 막아낼 리가 없다.

강기라는 것은 눈에 보이지 않으며 빠르기가 장풍의 세 배 이상이다.

더구나 이것은 보통 강기가 아니라 화운룡이 창안한 항룡장을 강기로 승화시킨 항룡강기다.

그러나 황위장 왼쪽 반 장 거리에 나란히 앉아 있던 젊은 일남일녀는 앉은 자세에서 훌쩍 뒤로 몸을 날리는 것과 동시에 운설에게 쌍장을 뿜어냈다. 매우 빠른 반응이다.

쉐애앵!

일남일녀의 쌍장에서 쇳소리가 흘러나왔다.

삼십 명 홍투징수와 흑투정수의 우두머리인 일남일녀가 뿜어낸 것 역시 강기다.

운설은 진작부터 그들 일남일녀를 염두에 두고 있었기 때문에 황위장의 머리통을 박살 내자마자 재빨리 그들에게 쌍장을 발출했다. 오른손은 남자, 왼손은 여자를 향했다.

또한 운설이 황위장에게 다가갈 때 명림이 바싹 뒤따르고 있었기 때문에 그녀는 운설보다 먼저 허공에 떠 있는 일남일녀를 향해 쌍장을 뿜어내고 있었다.

화운룡 역시 운설과 명림 뒤에 이르러 무극영강을 전력으로 발출했다.

고오옴!

천외신계의 일남일녀는 분명히 운설 한 사람에게만 쌍장을 발출했는데 어느새 상대가 세 명으로 불어나 합공을 전개하자 적잖이 놀랐다.

더구나 운설과 명림이 발출한 것은 보통 장풍이 아니라 강기다. 그리고 화운룡의 것은 무극영강이다.

꽈릉!

"흐윽……."

"아악!"

다섯 줄기 강기가 서로 격돌하면서 벽력음이 터지고 두 마디 비명 소리가 뒤를 이었다.

격돌과 함께 일남일녀가 가랑잎처럼 허공을 빙글빙글 돌면서 날려 가는데 피가 확 뿜어졌다.

운설이 황위장의 머리를 박살 내고 이어서 화운룡, 명림과 함께 일남일녀를 날려 버린 일은 찰나지간에 일어났다.

대전 복판에 서로 마주 보고 앉아 있던 백 명의 황궁고수와 삼십 명의 홍투정수, 흑투정수들은 움찔 놀라서 몸을 일으키며 급히 무기를 뽑으려고 했다.

와장창! 콰지직!

그 순간 사방의 창문과 벽, 천장이 박살 나면서 비룡검대와 용설운검대가 쏟아져 들어오며 한꺼번에 세 발씩 무령강전을 발사했다.

투타아앙! 타아앙!

멀어야 삼 장에서 오 장이라는 가까운 거리에서 쏘아대는 수백 발의 무령강전을 앉아 있던 황궁고수들과 홍투정수, 흑투정수들은 피할 재간이 없었다.

정말이지 회천탄은 언제 어디에서나 기대 이상의 위력을 발휘해 주었다.

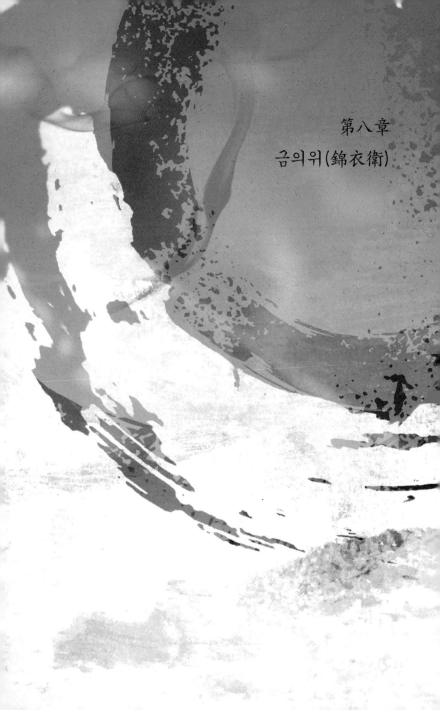

第八章

금의위(錦衣衛)

　상대적으로 무공수위가 낮은 황궁고수들은 속수무책으로 무령강전에 벌집이 됐다.

　퍼퍼퍼퍽퍽퍽!

　"크악!"

　"허윽!"

　황궁고수들이 약한 것이 아니라 회천탄이 너무 강했다. 또한 화운룡은 그들을 과대평가했다.

　흑투정수 대여섯 명도 미처 피하지 못하고 무령강전에 꽂혀서 나뒹굴었다.

그 정도면 흑투정수의 수준을 알 수 있다. 황궁고수보다 한 수 위라고 보면 된다.

홍투정수와 흑투정수 이십사오 명은 허공과 사방으로 몸을 날리면서 무기를 맹렬하게 휘둘렀다.

비룡검사와 용설운검사들이 재차 발출한 수백 발의 무령강전들이 소나기처럼 그들을 향해 쇄도했다.

쐐애애액!

얼마나 많은 무령강전들이 허공을 가득 뒤덮었는지 그들의 모습이 보이지 않을 정도다.

그들이 전력을 다해서 휘두르는 무기는 눈에 보이지 않을 정도로 빨라서 몸 주위에 막이 형성됐다.

까깡!

쩌꺼껑!

퍼퍼퍼퍽!

"흐악!"

"우왁!"

그렇다고 해도 회천탄 수법으로 발휘하는 무령강전을 막는 것은 쉬운 일이 아니다.

설사 절정고수라고 해도 회천탄, 더구나 수백 발의 무령강전 앞에서는 방심하지 못할 터이다.

또다시 흑투정수와 홍투정수 칠팔 명이 무령강전에 꽂혀서 추락했다.

투타아앙!

세 번째 수백 발의 무령강전은 비룡검사와 용설운검사들이 비로소 바닥에 내려서며 발사했다.

운설과 명림은 구석에 처박힌 채 뒤엉켜서 쓰러져 있는 일남일녀에게 다가갔다.

화운룡과 운설, 명림의 합공에 당한 일남일녀는 쓰러진 채 일어나지 못했다.

화운룡과 십육룡신은 회천탄 수법이 발휘되는 뒤쪽에서 지켜보며 대기하고 있다.

홍투정수와 흑투정수들은 자신들이 위급한 상황에 처했는데도 구석에 쓰러져 있는 일남일녀 쪽을 돌아보면서 초조한 표정을 지었다.

또한 그들은 부서진 천장이나 벽을 통해서 도주할 수 있는데도 그러지 않았다.

천외신계의 법이 싸움에 임했을 때 도주해서는 안 되는 것인지, 아니면 우두머리인 일남일녀가 쓰러져 있기 때문인지는 알 수가 없다.

그러면서도 또다시 몇 명이 무령강전에 맞아서 추락했다.

한순간 회천탄 공격이 뚝 멈추었다.

허공에 떠 있거나 바닥에 내려선 홍투정수와 흑투정수는

열두 명에 불과했다.

황궁고수 백 명 중에서는 단 한 명도 무사하지 못했다. 그들 대부분 무령강전에 십여 발 이상 꽂혀서 즉사했으며 겨우 몇 명만 쓰러진 채 끙끙 신음을 흘리고 있다.

촤아악!

십육룡신과 비룡검사, 용설운검사들이 남은 홍투정수와 흑투정수 열두 명을 향해 검을 뽑으며 쏘아가는데 그 위세가 자못 대단했다.

열두 명을 죽이기 위해서 십육룡신과 비룡, 용설운검사 백여 명 이상이 공격했다.

어떻게 해서라도 우리 편에서는 희생이 발생하지 말아야 한다는 화운룡의 각오 때문이다.

화운룡은 굳이 자신까지 나설 필요가 없다고 생각하여 뒤쪽에 서서 지켜보았다.

열두 명의 홍투정수와 흑투정수들이 피를 뿌리고 죽는 것은 시간문제처럼 보였다.

그때 화운룡 등의 강기에 당해서 구석에 쓰러져 있는 젊은 청년이 쥐어짜는 목소리로 외쳤다.

"그들을 죽이지 마라……!"

그것을 항복으로 받아들인 화운룡이 짧게 외쳤다.

"멈춰라!"

십육룡신과 비룡검사, 용설운검사들이 즉시 공격을 멈추었다.

하지만 열두 명의 홍투정수, 흑투정수들 반 장 거리에서 검을 겨누고 있어서 여차하면 공격하여 벌집을 만들어놓을 태세를 갖추었다.

운설이 쓰러져 있는 청년의 옆구리를 발끝으로 툭 차며 냉랭하게 말했다.

"네놈 부하들을 다 죽일까? 응?"

입에서 꾸역꾸역 피를 흘리고 있는 청년은 운설의 말이 무슨 뜻인지 알아듣고 착잡한 표정을 지으며 홍투정수와 흑투정수들에게 명령했다.

"무기를 버려라."

청년은 현명했다. 지금 상황에서 저항해 봤자 소용이 없으므로 남아 있는 수하들의 목숨이라도 건지겠다는 것이다.

홍투정수와 흑투정수들은 청년을 쳐다보면서 잠시 머뭇거리는 것 같더니 바닥에 무기를 버렸다.

챙! 철렁!

장하문은 검사들을 시켜서 일남일녀와 홍투정수, 흑투정수들을 대전 복판에 모이게 해서 앉혔다.

우두머리로 여겨지는 일남일녀 중에 여자는 아까 격돌의

충격으로 혼절하여 누워 있는데, 그 옆에 앉은 청년이 몹시 걱정스러운 얼굴로 그녀를 굽어보고 있다.

열두 명의 홍투정수와 흑투정수들은 청년 뒤쪽에 책상다리로 묵묵히 앉아 있다.

머리를 깔끔하게 묶은 모습에 눈썹이 매우 짙고 구레나룻을 기른 강인하면서도 준수한 청년이 앞쪽에 서 있는 화운룡을 보며 착잡한 얼굴로 물었다.

"너희들은 누구냐?"

장하문이 나직하게 대답했다.

"비룡은월문이다."

청년과 홍투정수, 흑투정수들은 움찔 놀라며 화운룡 등을 쳐다보았다.

청년이 초조한 얼굴로 말했다.

"사매를 치료할 시간을 다오."

화운룡은 청년이 여자를 '사매'라고 호칭한 사실에 주목했다. 그래서 어쩌면 청년과 여자, 아니, 소녀가 천여황의 제자일지도 모른다는 생각이 들었다.

그렇다면 이들 일남일녀는 율타와 해화하고도 사형제지간일 것이다.

운설이 냉랭하게 말했다.

"그 계집의 목숨이 중요하냐?"

청년은 진중하게 대답했다.

"내 목숨보다 소중하다."

운설의 목소리가 더 냉랭해졌다.

"너는 수하들과 황궁고수, 동창고수들을 이끌고 본 문의 수천 명을 몰살시키려고 했었다. 그랬던 놈이 그 계집 하나의 목숨이 더 중요하다는 말이냐?"

청년은 잠시 침묵을 지키더니 착잡함과 간절함이 범벅된 얼굴로 말했다.

"어떻게 하면 사매를 살려주겠는가?"

그러나 아무도 대답하지 않았다. 그것은 화운룡이 결정할 일이기 때문이다.

화운룡은 잠시 일남일녀를 바라보다가 짧게 명령했다.

"모두 제압해라."

청년의 표정이 착잡하게 일그러졌다.

화운룡을 비롯한 십칠룡신과 운설, 명림, 홍예, 건곤쌍쾌, 비룡검대와 용설운검대가 황궁고수 사백 명이 분산해서 묵고 있는 장원 여섯 곳을 하나씩 돌면서 모조리 주살하고 이제 마지막 장원이 남았다.

장원 한 곳에 황궁고수 육칠십 명이 묵고 있으며 모두 자고 있기 때문에 화운룡 등 이백오십여 명이 장원을 하나씩 처리

하는 일은 여반장처럼 쉬웠다.

"끄윽……"

"으악!"

마지막 장원의 마지막 전각에서 마지막 황궁고수 두 명을 죽인 용설운검사 두 명이 밖으로 나왔다.

비룡검사와 용설운검사들이 장원을 샅샅이 수색하여 살아남은 황궁고수가 없는지 확인을 했다.

무결과 감형언이 차례로 보고했다.

"생존자는 없습니다."

"모두 죽였습니다."

"우리 쪽 피해는 없나?"

장하문이 자랑스럽게 대답했다.

"한 명도 없습니다."

화운룡은 모여 있는 모두에게 고개를 끄떡여 보였다.

"모두 수고했다. 돌아가자."

화운룡을 비롯한 전원은 장원에 진입했을 때처럼 썰물처럼 빠져나갔다.

* * *

휘이이—

발목까지 오는 검은 장삼을 입은 인물들이 나는 듯이 경공을 전개하여 달리고 있다.

머리에는 둥근 챙이 달린 모자를 썼으며 노란 수실이 두 가닥에서 다섯 가닥까지 매달렸다.

천하에 이런 복장으로 다니는 부류는 딱 하나다.

황궁의 금의위(錦衣衛)다.

원래 동창고수(東廠高手)라고 하는 것은 이들 금의위를 가리키는 말이다.

동창의 본래 임무는 정보를 수집하는 것이고 그 정보들을 바탕으로 어떤 일을 집행할 때 황제의 명을 받아서 동창제독이 금의위들을 파견하게 된다.

동창 휘하의 금의위들은 시위(侍衛), 집포(緝捕), 형옥(刑獄)을 담당하는데 시위는 황제를 비롯한 황족들의 호위를 말함이고, 집포는 황제의 명으로 죄인을 잡아들이는 일이며, 형옥은 동창의 뇌옥을 담당하는 일이다.

지금 산길을 나는 듯이 달리고 있는 이들은 검은 장삼을 입은 것으로 미루어 집포금의위다.

금의위의 수는 총 오천 명이며 그중에 집포금의위가 가장 많은 사천 명이고 모자에 다섯 가닥 수실을 매단 자가 우두머리인 금의교위(錦衣校尉)다.

북경을 출발한 집포금의위 오백 명은 각 백 명씩 일대(一隊)를 이루어 오 리의 거리를 두고 남하하고 있는 중이다.

금의위는 때에 따라서 간혹 변장을 하지만 지금은 외출 시의 복장을 하고 있다.

현재 입고 있는 장삼을 벗으면 금의위 본래의 복장이 드러날 것이다.

이들 금의위들의 평균적인 무공수위는 초일류고수급이다.

무림의 어느 방파나 문파의 물이 조금도 들지 않은 순수하게 황궁무학만을 배운 인물들이다.

선두의 금의위가 오솔길 옆 나무의 나뭇가지 하나가 꺾여 있는 것을 발견하고 뒤쪽에 보고했다.

"전방 삼 리 계류가에 야숙(野宿)한답니다."

금의위들만의 신호 전달 수단인 노부(路符)다.

중간쯤에서 달리는 우두머리 금의교위가 짧게 명령했다.

"경속(輕速)."

그러자 백 명의 금의위들이 한층 속도를 높여서 구불구불한 산길을 쏘아가기 시작했다.

금의위 마지막 오대가 야숙지에 도착했다.

미리 도착한 일대에서 사대까지 네 개의 대는 식사를 하고 있는 중이다.

식사라고 해봐야 곡식을 말려서 빻아 알약처럼 만든 벽곡

단이나 건육과 건량을 물과 함께 먹는 정도다. 장거리 여행 시에는 최고의 식단이다.

산속의 계류는 너무 맑아서 그냥 떠먹을 정도다.

오백 명의 금의위들은 드넓은 계류가 자갈밭에 열 명씩 오십 개의 작은 조로 나누어 앉아서 식사를 하고 있다.

자박자박…….

그때 어디선가 자갈을 밟는 소리가 들려왔다.

모두들 식사를 멈추고 발소리가 들리는 계류의 하류 쪽을 쳐다보았다.

잘그락… 자박… 잘그락…….

소리가 점점 가까워지면서 한 사람이 어둠 속에서 천천히 걸어오고 있는 모습이 나타났다.

일신에 칠흑 같은 흑의 경장을 입고 어깨에는 무황검을 메고 있는 화운룡이다.

화운룡은 오백 명이나 되는 금의위의 시선을 한 몸에 받으면서도 태연하게 걸어왔다.

금의위들은 화운룡을 주시할 뿐 아무도 움직이지 않았다. 최고 우두머리인 금의총교위(錦衣總校尉)의 명령이 떨어지지 않았기 때문이다.

잘그락… 자그락…….

화운룡은 계류가장자리를 걸어서 금의위들을 지나쳐 안으

로 깊숙이 들어가며 마치 산책 나온 사람처럼 천천히 그들을 둘러보았다.

금의위들은 여전히 아무 말도 하지 않고 무심한 표정으로 그를 주시하고 있을 뿐이다.

화운룡은 추호도 겁먹거나 위축된 표정이 아닌 담담한 얼굴로 걸어가다가 이윽고 걸음을 멈추었다.

그리고 자신의 앞쪽 여섯 명의 금의위가 모여 있는 곳에서 한 사람을 쳐다보며 조용히 말했다.

"임오(林午), 나하고 얘기 좀 할 텐가?"

순간 그곳의 여섯 명뿐만 아니라 금의위 모두의 안색이 가볍게 변했다.

최고 우두머리인 금의총교위 이름이 임오이기 때문이다.

네모 각진 얼굴에 부리부리한 눈과 매부리코, 두툼한 입술이 강인한 용모를 지닌 삼십오륙 세 정도의 나이인 임오는 조금도 당황하지 않고 화운룡을 쳐다보았다.

"귀하는 누군가?"

화운룡은 엷은 미소를 짓고는 입술도 달싹이지 않고서 임오에게 자신의 뜻을 전했다.

[해동공(海東公)의 친구라네.]

순간 임오는 두 가지 사실 때문에 놀랐다.

'혜광심어(慧光心語)!'

　　　　　＊　　　　　　＊　　　　　　＊

　그는 속으로 낮게 부르짖었다. 방금 그가 들은 것은 귀로 들은 전음 즉, 말이 아니라 마음속에 뜻이 전해지는 것이었다.

　그것을 전개하려면 최소한 오 갑자 삼백 년 이상의 공력이 있어야지만 가능하다.

　다시 곱씹어서 생각해 봐도 혜광심어가 분명했다. 전음이라면 귀에 잔음(殘音)이 남을 텐데 그게 전혀 없고 마음속에서 샘물처럼 그 뜻이 울려 퍼졌다.

　임오를 놀라게 한 또 하나는 상대가 '해동공의 친구'라고 말했기 때문이다.

　'해동공'은 임오의 아버지 임격(林格)의 별호인데 세상에는 전혀 알려지지 않아서 몇몇 사람만이 알고 있다.

　알고 있는 사람이 극히 적어서 손가락으로 꼽을 정도이며 다 해봐야 네 사람이다.

　임오 자신과 아버지 임격, 아버지에게 '해동공'이라는 별호를 지어준 친구 춘장공(椿丈公)과 또 다른 친구 명정공(明淨公)이 전부다.

　춘장공은 스스로 별호를 지었으며 명정공이라는 별호도 춘장공이 지어주었다.

그는 별호 짓기를 매우 좋아하는 터라서 다음에 자신들의 친구가 생기면 화천공(華天公)이라고 짓자고 벌써 정해놓았을 정도다.

임오는 눈앞의 이 젊고 준수한 청년이 전설의 상승수법인 혜광심어를 전개한 것으로 미루어 그의 공력이 최소 삼백 년이 넘으며, 또한 아버지의 별호를 알고 있다는 사실에 자신도 모르게 일어서 있었다.

[당신은 누구십니까?]

임오가 전음을 보내자 화운룡은 빙그레 미소 지었다. 그 미소만 보면 절대로 이 사람은 적이 아니라는 믿음이 생길 것만 같았다.

[화천공이라고 하네.]

임오의 마음속에서 또다시 샘물처럼 혜광심어의 뜻이 솟구쳐서 잔잔하게 울려 퍼졌다.

"아아……."

그는 너무 놀란 나머지 탄성을 흘리면서 꿈을 꾸듯이 화운룡을 바라보았다.

임오의 아버지의 절친한 친구 세 사람은 장차 자신들의 새로운 친구가 생기면 그 친구 별호를 '화천공'이라 짓자고 했는데, 눈앞의 청년이 자신을 '화천공'이라고 말한 것이다.

오백 명의 금의위들이 휴식을 취하고 있는 곳에서 상류로 삼십 장쯤 올라간 곳 넓적한 바위에 화운룡과 임오가 마주 보고 앉아 있다.

임오는 아직 상대가 누구인지 모르지만 적은 아닐 것이라고 생각했다.

"누구십니까?"

임오는 자세를 꼿꼿하게 하고 정색으로 물었다. 조금 전에 자신이 화천공이라고 말했는데도 누구냐고 묻는 의도를 화운룡이 모를 리가 없다.

화운룡은 조용히 말했다.

"내 이름은 화운룡일세."

"화운… 아!"

임오는 움찔 놀라서 벌떡 일어섰다.

"비룡공자!"

명을 받아서 비룡은월문을 공격하러 가는 금의위의 최고 우두머리 금의총교위가 비룡공자 화운룡이라는 별호와 이름을 모를 리가 없다.

임오는 지금 이 상황을 어떻게 이해하면 좋을지 분간이 서지 않았다.

죽여야 할 비룡공자가 적장인 자신 앞에 제 발로 나타난 이유를 알 수가 없다.

더구나 비룡공자는 자기 입으로 자신이 화천공이라고 말했다. 그것은 그가 임오 부친의 막역한 친구라는 뜻이다.

하지만 그럴 리가 없다. 이제 겨우 약관의 비룡공자가 어떻게 오십오 세인 아버지의 친구가 될 수 있겠는가. 그런데 그것도 이상하다. 그렇다면 네 사람밖에 모르는 화천공이라는 별호는 대체 어떻게 알았다는 말인가.

"앉게."

임오가 놀라서 벌떡 일어나 자신을 무섭게 쏘아보는데도 화운룡은 조용히 말했다.

말뿐만이 아니라 그의 표정마저도 지극히 여유로웠다. 제 발로 적진 한가운데에 들어와서 적장과 단둘이 마주 앉아 있는 사람의 모습이 아니다.

문득 임오는 화운룡이 혜광심어를 전개했다는 사실을 기억해 냈다.

최소한 삼백 년 이상의 공력을 지녔다면, 그가 마음만 먹으면 임오는 언제라도 죽은 목숨이다.

그런데도 그는 처음부터 임오에게 조금도 적의를 드러내지 않았으며 지금도 앉으라고 말했다.

그렇다면 그는 선의(善意)로 왔다는 뜻이다. 선의로 온 사람을 악의로 대하는 것은 전쟁이나 무림을 논하기 이전에 인간의 도리가 아니다.

거기까지 생각한 임오는 다시 바위에 앉아 화운룡을 똑바로 직시했다.

"이러는 이유가 무엇인지 말해주십시오."

임오는 상대가 화천공일지도 모르기 때문에 함부로 대할 수가 없다.

화운룡은 여유 있는 모습으로 말했다.

"나는 사십칠 세 때 우연히 해동공을 만났는데 그를 통해서 춘장공과 명정공을 알게 되었지."

"아……."

천하에서 네 사람밖에 모르는 별호를 화운룡이 줄줄 외우자 임오의 입에서 저절로 탄성이 새어 나왔다.

임오는 화운룡의 실제 나이가 사십팔 세일 것이라고 생각하게 되었다.

왜냐하면 임오는 작년 구월에 아버지를 마지막으로 만나고 그때부터 지금까지 넉 달 동안 만나지 못했다.

작년 구월에 만났을 때 아버지는 새 친구 화천공을 만났다는 말을 하지 않았다.

그러니까 화운룡은 구월 이후에 아버지와 친구가 됐을 것이며 그때 사십칠 세였으면 한 해가 지난 지금은 사십팔 세라고 추측한 것이다.

사십팔 세인 화운룡이 이십 세 약관으로 보이는 것은 그의 공력이 삼백 년 이상이기 때문에 충분히 가능한 일이다.

삼백 년 이상 공력이라면 반로환동을 해서 사십팔 세의 나이가 약관이 됐을 수도 있고 또한 공력으로 젊음을 유지하는 것도 어렵지 않은 일이다.

임오의 태도가 공손해졌다.

"비룡공자께서 아버지와 친구가 되셨다는 일은 충격적이지만 믿겠습니다."

화운룡은 해동공 등과 친구가 된 것에 대해서는 더 이상 말하지 않기로 했다.

그러자면 자신이 미래에서 왔다는 사실에 대해서 구구하게 설명을 해야 하기 때문이다.

임오가 나중에 집에 돌아가서 확인을 하면 속았다고 생각할 테지만 그것은 그때 일이다.

하지만 화운룡이 우연한 기회에 북경에서 매우 유명한 세 명의 대학자인 해동공, 춘장공, 명정공과 친구가 됐었던 것은 엄연한 사실이다.

개방에서 보내온 정보에 의하면 동창고수 즉, 금의위들의 최고 우두머리가 금의총교위 임오라고 했다.

화운룡은 해동공 임격은 물론이고 그의 아들 임오도 알고 있기에 동창고수들을 주살하기보다는 말로써 회유할 수도 있을 것이라고 생각했다. 그는 될 수 있으면 살인을 하지 않으려는 것이다.

임오는 조심스럽게 말했다.

"이렇게 저를 찾아오신 의도는 저의 출격을 막으시려는 것입니까?"

화운룡은 고개를 끄떡였다.

"그렇네."

임오는 난감한 표정을 지었다.

"저는 황명을 받든 몸이라서 그것은 곤란합니다."

화운룡은 담담하게 말했다.

"황제가 비룡은월문을 멸문시키라고 명령했다는 것인가?"

화운룡이 황제에 대해서 다소 불손하게 말하고 있지만 임오는 그 정도는 참기로 했다.

"그렇습니다."

"황제가 아니라 동창제독의 명령이겠지."

임오는 황제에게 직접 황명을 받들지는 않았었다.

"제독께서 황명이시라고 말씀하셨습니다."

화운룡이 아무렇지도 않게 말했다.

"황제는 붕어하셨네."

"……"

임오는 놀라듯 어이없는 표정을 지었다가 강하게 고개를

가로저었다.

"그럴 리가 없습니다."

"태감이 어의를 시켜서 황제를 독살했네. 그리고 동창제독이 수하를 시켜서 연 태자를 암살했지."

"그런⋯⋯."

화운룡이 마치 눈으로 본 것처럼 말하자 임오는 믿을 수도 믿지 않을 수도 없는 복잡한 표정을 지었다.

화운룡은 미래에 광덕왕이 태감을 시켜서 황제를 독살했다는 사실을 알고 있는데, 현재 여러 정황으로 미루어 봤을 때 황제가 죽은 것이 거의 확실했다.

그렇다면 미래에 일어날 그 일에 의해서 황제가 죽었을 것이라고 단정했다.

"태감은 광덕왕의 수하야. 금의위와 황궁고수들, 그리고 삼만의 군사로 비룡은월문을 멸문시키라고 명령한 자가 바로 광덕왕인 것이지."

"허어⋯⋯."

임오는 기가 막히는지 탄식을 흘려냈다.

"삼만 군사와 황궁고수도 파견했습니까?"

"몰랐었나?"

"몰랐습니다. 저는 우리만 출격한 줄 알고 있었습니다."

화운룡은 개의치 않고 할 말을 했다.

"이틀 전에 나와 비룡은월문 사람들이 황궁고수 오백 명을 비롯하여 그들과 함께 있던 천외신계 고수들을 모조리 죽였네. 광덕왕이 비룡은월문을 멸문시키려고 하는 것은 천외신계의 뜻이네. 이것은 나중에 말하도록 하세."

"……."

점입가경이다. 들으면 들을수록 임오로서는 입이 벌어지는 얘기뿐이다.

"원래 나는 금의위도 몰살시킬 생각이었지만 금의총교위가 자네라는 사실을 알고는 될 수 있으면 싸우지 않으려고 내가 직접 찾아온 거야."

미래에 화운룡은 임오를 알게 되었지만 지금의 임오는 그를 모르고 있다.

화운룡의 말을 풀이하면 황궁고수들을 몰살시킨 것처럼 금의위도 몰살시킬 계획이었지만 임오 너 때문에 봐주는 것이다, 라는 뜻이다.

임오가 무거운 표정으로 물었다.

"수하들과 같이 오셨습니까?"

"그래. 이 주변에 있네."

"음……."

화운룡이 '내 말 한마디면 너희는 몰살된다'라고 말하지 않았지만 임오는 그걸 알아차렸다.

임오는 잠시 가만히 있다가 뭔가 생각난 듯 억눌린 듯한 목소리로 물었다.

"혹시 연 태자를 암살했다는 동창제독의 수하가 누군지 알고 계십니까?"

동창 휘하의 금의위가 하는 일은 시위, 집포, 형옥인데 집포금의위의 무공이 가장 고강하다. 그러므로 연 태자를 암살했다면 집포금의위일 가능성이 높으며, 그렇다면 임오의 수하일 것이라서 물어보는 것이다.

그것은 미래에 벌어질 일이고 그다지 중요한 일이 아니라서 화운룡이 기억하고 있지 않아도 될 일이었다.

하지만 화운룡은 연 태자를 암살한 동창제독 수하가 누군지를 기억해 내는 것이 지금 매우 중요하다고 판단해서 미간을 좁히고 기억을 더듬었다.

"음… 매(梅)씨 성이었는데……"

기억이 가물가물했다.

그런데 화운룡이 '매씨'라고 말하는 순간 임오의 표정이 움찔 굳어졌다.

삼천여 명의 집포금의위들 중에서 희귀성인 '매씨' 성을 가진 자가 딱 한 명 있기 때문이다.

그때 화운룡이 생각난 듯 말했다.

"매중연(梅重緣)이었네. 틀림없어."

임오가 돌처럼 굳은 얼굴로 말했다.

"알겠습니다."

그의 휘하, 아니, 심복 수하 중에 분명히 매중연이 있었다.

임오는 잠시 후에 화운룡이 있는 곳으로 한 명의 금의위를 데리고 왔다.

임오는 데리고 온 금의위를 자신의 옆에 앉히고는 화운룡에게 공손히 말했다.

"이 사람이 금의교위 매중연입니다."

백 명의 금의위를 이끄는 지휘관이 금의교위다.

매중연은 임오처럼 강인한 인상의 삼십 대 초반인데 약간 불안한 표정을 지으며 화운룡을 바라보았다.

화운룡은 고개를 끄떡이고 나서 말했다.

"제압할까?"

제압한다는 말에 매중연이 움찔 놀랐다.

임오는 매중연을 보면서 차분하게 말했다.

"그러실 필요 없습니다. 이 사람은 제 심복이라 물으면 사실대로 대답할 것입니다."

화운룡과 임오의 거듭된 말에 매중연은 극도로 긴장하며 초조한 표정을 지었다.

임오가 매중연을 보며 정색하고 불문곡직 물었다.

"너 연 태자를 암살했느냐?"

"아……."

매중연은 화드득 놀라 앉은 자리에서 펄쩍 뛰어오를 듯한 동작을 취했다.

임오는 그의 반응을 보고 대답을 듣지 않아도 될 것 같았지만 그의 대답을 들어보기로 했다.

화운룡과 임오의 날카로운 시선을 받으면서 매중연은 매우 착잡한 표정을 지었지만 결심을 한 듯 억눌린 목소리로 겨우 대답했다.

"제독의 명령으로 저와 세 명의 수하가 연 태자를 암살했습니다. 죄송합니다."

임오의 얼굴이 와락 일그러졌다.

"어째서 내게 보고하지 않았느냐?"

"제독께서 총교위께 말하지 말라고 말씀하셨습니다."

금의총교위보다 제독이 더 높으므로 그의 명령을 듣는 것이 맞는 얘기다.

그렇지만 임오는 자신이 신임하는 최측근 중에 한 명인 매중연이 그랬다는 사실에 지독한 배신감을 느꼈다.

평소에 임오는 몇몇 금의교위들을 형제보다 더 가깝게 대했었는데 매중연은 그중에 한 명이었다.

그러나 사실 따지고 보면 그것은 매중연이나 그 누구의 잘못이라고 할 수가 없었다.

금의위의 생살여탈권을 쥐고 있는 사람은 황제도 그 누구도 아닌 동창제독이다.

그렇기 때문에 제독의 명령에 항명한다는 것은 있을 수도 없는 일이다.

이로써 화운룡의 말이 사실로 드러났다. 동창제독이 매중연을 시켜서 연 태자를 암살했다면 이미 황제는 어의에 의해서 독살됐다고 봐야 한다.

황제를 먼저 죽이고 다음 황위 계승권자인 연 태자를 죽이는 것이 순서이기 때문이다.

그리고 동창제독은 태감의 명령을 받고 태감은 광덕왕의 심복이라는 화운룡의 말도 믿을 수밖에 없다.

결국 임오가 오백 명의 금의위를 이끌고 비룡은월문을 멸문하러 가는 일은 황제의 황명이 아니라 동창제독, 아니, 광덕왕의 명령이었다는 것이 드러났다.

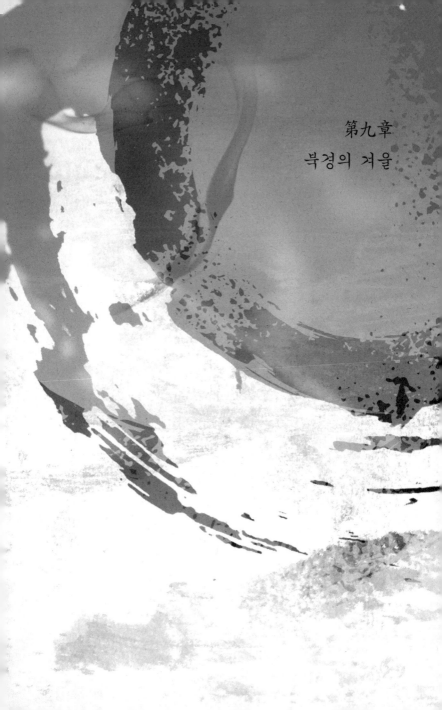

第九章

북경의 겨울

임오의 얼굴이 더욱 일그러지며 입술 사이로 짓이긴 듯한
중얼거림이 흘러나왔다.

"환관 따위가 감히……."

평소에 그는 동창이나 황궁 내부의 실권을 내시인 환관들
이 장악하고 있는 것을 못마땅하게 여기고 있었는데 그게 이
런 상황에 입 밖으로 흘러나온 것이다.

임오는 매중연을 보며 낮게 으르렁거렸다.

"중연, 너는 나를 실망시켰다."

매중연은 죄송하다는 말이나 그 어떤 말로도 직속 상전인 임오를 잠시나마 배신했던 죄를 용서받을 수 없다고 생각했다.

그는 동창제독에게 그런 명령을 받는 순간 자신은 이미 죽은 목숨이나 다름이 없다고 생각했다.

이런 식으로 직속 상전을 배신, 능멸하고 용서받지 못한 금의위가 선택할 수 있는 길은 자결뿐이라는 사실을 화운룡은 잘 알고 있다.

임오는 쏘듯이 매중연을 쳐다보았다.

"너는 가 있어라."

이 일을 나중에 문초하겠다는 뜻인데 모르긴 해도 임오에겐 그럴 기회가 없을 것이다. 그 전에 매중연이 자결할 것이기 때문이다.

매중연이 일어나려는데 화운룡이 그에게 조용히 말했다.

"앉아 있어라."

매중연이 머뭇거리면서 임오와 화운룡을 번갈아 쳐다보며 어떻게 할지 몰라 하자 임오가 짧게 말했다.

"앉아라."

화운룡은 각설하고 본론을 꺼냈다.

"자넨 비룡은월문을 치러 갈 텐가?"

임오는 완강한 표정으로 딱 부러지게 대답했다.

"가지 않겠습니다."

황명이 아니라는 사실을 알았기 때문이다. 동창 휘하의 금의위는 황제를 위해서 존재하는 것이지 동창제독이나 태감을 위해서 있는 것이 아니다.

"균방(均方)의 명을 거역하고 북경에 돌아가면 자넨 무사하지 못할 거야."

균방은 동창제독의 이름이다.

임오는 착잡하게 고개를 끄떡였다.

"알고 있습니다."

그로서는 황명이 아니기 때문에 비룡은월문을 멸문하러 가는 명령을 이행할 필요는 없다.

설사 간다고 하더라도 지금으로 봐선 오백 명의 금의위로 비룡은월문을 이길 것 같지가 않다. 황궁고수 오백 명도 모두 죽었다는데 금의위라고 별수가 있겠는가.

그렇다고 이대로 북경으로 되돌아가면 항명죄로 임오는 죽은 목숨이나 다름이 없다.

동창제독 균방이 황명을 거역했다는 이유로 치죄하려고 들면 삼족멸문의 중죄가 되므로 임오뿐만이 아니라 가족 친지들까지도 위험하게 된다.

그걸 알고 있기 때문에 임오로선 착잡할 수밖에 없는 것이다.

화운룡은 임오만이 아니라 매중연과 여기에 있는 오백 명의 금의위들을 살려야겠다고 마음먹었다.

화운룡이 조금 더 나직한 목소리로 말했다.

"자넨 광덕왕이 무엇 때문에 비룡은월문을 결사적으로 멸문시키려 하는지 아는가?"

임오는 뜻밖이라는 표정이다.

"광덕왕이 비룡은월문을 멸문시키려고 하는 것이 결사적입니까?"

화운룡은 고개를 끄떡였다.

"얼마 전에는 살수조직인 은오루를 보냈었고 통천방을 보내기도 했네."

"아… 그렇습니까?"

임오는 뜻밖이라는 표정을 지었다가 고개를 끄떡였다.

"통천방과 은오루가 멸문했다는 소문을 들었는데 그것 때문이었군요."

"우릴 건드리지 않으면 괜찮네."

임오가 보일 듯 말 듯 미소를 지었다.

"태주현 중심 삼백 리의 평화지역이 무림의 불가침성역(不可侵聖域)이라는 거로군요."

작금에 이르러서는 태주현의 평화지역이라는 것을 천하에서 모르는 사람이 없는 모양이다.

임오는 조금 전에 화운룡이 물었던 것에 대해서 알 수 없다는 표정을 지었다.

"저는 광덕왕이 왜 비룡은월문을 멸문시키려고 하는지 이유를 모르겠습니다."

"정현왕 전하께서 계시기 때문이야."

"그게 정말입니까?"

"정현왕 전하와 가족들이 본 문에 계시네."

"아… 그랬었군요."

광덕왕이 정현왕을 죽이려 한다는 사실을 임오는 비로소 알게 되었다.

임오가 생각했을 때 황제를 암살한 광덕왕이 제일 먼저 죽여야 할 사람은 정현왕이다.

그가 죽어야지만 광덕왕이 마음 놓고 황위에 오를 수 있을 것이기 때문이다.

잠시 침묵이 흘렀다.

임오로서는 할 말이 없기 때문에 화운룡이 무슨 말을 하기를 기다렸다.

화운룡은 깊은 생각에 잠겨 있다가 일다경(一茶頃)이 지난 후에 가라앉은 목소리로 입을 열었다.

"이 일은 내가 정리해야겠군."

임오는 흠칫 놀랐다. '이 일'이라는 것이 정확하게 무엇인지는 알지 못하지만 광덕왕이 포함된 것만은 분명했다.

"내가 북경에 가서 광덕왕을 죽이고 비틀어진 황궁을 바로 잡아야겠네."

임오뿐 아니라 매중연까지 크게 놀라서 눈을 부릅뜰 뿐 아무 말도 하지 못했다.

"내가 광덕왕을 비롯하여 태감, 동창제독, 구문제독 등을 죽이고 나면 자네들은 무사할 거야."

임오는 너무 엄청난 일이라서 화운룡의 말을 실감하지 못하는 표정이다.

"정… 말이십니까?"

그렇지만 화운룡의 표정은 엄숙하다거나 진지하지 않고 그저 담담했다.

"본 문과 자네들, 그리고 만민을 위해서라도 광덕왕을 죽여야겠어."

말주변이 별로 없는 임오가 광덕왕의 음모에 대해서 오백 명의 금의위들을 이해시키는 데 한 시진이나 걸렸다. 물론 매중연이 중요한 증언을 해주었다.

오백 명의 금의위들은 경악했으며 그다음에는 절망했다.

이제는 임오나 오백 명의 금의위들이나 다 똑같은 처지가 되어 한배를 탔다.

비룡은월문을 멸문시키는 것이 황명이 아니라는 사실을 알게 되었기 때문에 구태여 그것을 해야 할 이유가 없다는 것에는 모두들 동의했다.

그렇지만 이대로 북경에 돌아가서 황명을 거역한 것에 대하여 동창제독의 중벌을 받아야 한다는 사실에 대해서는 모두 부정적이었다.

그래서 임오가 화운룡의 결단을 금의위들에게 설명했다.

금의위들은 크게 놀랐으나 결국은 광덕왕을 죽여야 자신들이 엄벌을 면할 것이라는 사실을 인정했다.

"총교위님, 그러면 우리는 무엇을 합니까?"

금의교위 한 명이 모두를 대표해서 물었다.

거기에 대해서는 임오도 아는 바가 없으며 할 말도 없다.

"이러면 어떨까?"

그때 한쪽 바위에 앉아서 지켜보고 있던 화운룡이 일어나서 조용한 목소리로 말했다.

모두의 시선을 받으면서 화운룡이 천천히 금의위들 쪽으로 걸어오며 말을 이었다.

"내가 광덕왕과 그의 수족들을 다 죽일 때까지 모두들 내 장원에서 쉬고 있도록 하게."

임오가 의아한 얼굴로 물었다.

"우리 모두가 쉴 만한 장원이 있습니까?"

화운룡은 하나의 납작한 바위에 앉으며 장하문을 불렀다.

"하룡."

어둠 속에서 장하문과 운설, 명림이 천천히 걸어 나와서 화운룡 좌우에 섰다.

장하문이 금의위들에게 설명했다.

"당신들이 원하는 어느 곳이라도 편히 쉴 수 있는 장소가 마련되어 있소."

그때 금의위 중에 누군가 물었다.

"총교위님! 우리는 아직도 동창 휘하 금의위입니까?"

거기에 대해서 임오는 대답하지 못했다. 동창은 오로지 황제를 위하여 존재하는데 황제가 이미 죽었으니 존재할 이유를 잃어버렸다.

그렇다고 황제를 죽인 광덕왕의 수하인 동창제독에게 충성하고 싶은 생각은 추호도 없다.

그렇지만 금의위는 황제나 태감, 동창제독에게 해임을 당해야지만 옷을 벗게 되는데, 이들 중에 아무도 해임당한 사람이 없으므로 금의위가 아니라고 말할 수도 없는 상황이다.

동창은 황제 직속이라서 황제가 직접 꾸린다. 새 황제가 즉위하면 새로운 동창이 만들어질 터이다.

임오는 화운룡을 쳐다보았다.

"우리는 금의위입니까?"

화운룡은 고개를 끄떡였다.

"당연하지."

"어째서 그렇습니까?"

"어느 누구도 자네들을 금의위에서 해임하지 않았네. 그리고 황제의 붕어가 만천하에 공표되지 않았으니까."

임오는 답답하면서도 간절한 표정으로 화운룡을 바라보았다.

"우리가 어떻게 해야 합니까? 당신께서 광덕왕 무리를 다 죽일 때까지 기다리고 있어야 하는 것입니까? 당신이 우리라면 어떻게 하실 겁니까?"

화운룡은 막힘없이 대답했다.

"금의위는 황제의 시위다. 그러므로 내가 자네들이라면 마땅히 황제를 죽인 자를 죽이겠네. 그렇게 복수를 하는 것만이 금의위가 할 일이지."

"아……"

임오는 머릿속이 환해지는 것을 느꼈다. 그뿐만이 아니라 금의위들 모두 비슷한 표정들이다.

그렇게 간단한 이치를 깨닫지 못하고 전전긍긍하고 있었다니 한심하기 짝이 없다는 생각이 들었다.

황제를 죽인 자는 광덕왕이고 그의 수족은 동창제독과 황궁의 실권을 장악하고 있는 태감이다.

그러므로 금의위가 그들을 죽이는 것이야말로 붕어한 황제의 복수를 하는 것이다.

그런데 임오는 다시 난감한 표정을 지었다. 목적을 알게 되었는데 방법을 알지 못하기 때문이다.

그래서 그는 화운룡 앞에 정중하게 무릎을 꿇고 머리를 조아리며 간곡하게 말했다.

"어찌해야 하는지 길을 알려주십시오."

그러자 오백 명의 금의위들이 모두 화운룡에게 무릎을 꿇고 고개를 조아리며 우렁차게 외쳤다.

"길을 알려주십시오!"

오로지 황제에게만 부복하는 금의위들이 지금 화운룡에게 부복하고 있었다.

*　　　　　*　　　　　*

일월 중순의 북경은 코가 떨어져 나갈 정도로 혹독한 추위가 기승을 부리고 있었다.

북경에서 가장 규모가 큰 건물은 황궁인 자금성이고 두 번째는 천보장(天寶莊)이다.

천보장은 중원 최대의 상단인 대륙상단의 총단이며 총단주인 소향대주의 거처이기도 하다.

일설에 의하면 천보장을 자금성보다 더 거대하게 건축할 수도 있었지만 황제를 능멸하지 않으려고 지금의 규모로 지었다고 하는데 많은 사람들이 그 말을 믿고 있었다. 그럴 만한 재력을 지니고 있기 때문이다.

황궁인 자금성을 십(十)이라고 한다면 천보장은 구(九) 정도
의 규모다. 그러므로 천보장은 자금성에 일(一)의 규모를 양보
한 셈이다.

천보장에는 도합 네 군데의 문이 있으며 그곳으로 하루에
도 수천 명이 드나들고 있다.

그들은 모두 대륙상단 사람들이거나 대륙상단과 관계가 있
는 사람들이다.

하지만 천보장에는 창고 같은 건물이 없어서 마차나 수레
따위가 드나들지는 않으며 출입하는 사람들은 전부 대륙상단
이 관여하고 있는 수천 개의 사업에 종사하거나 거기에 연관
된 사람들이다.

천보장 내에 있는 수백 채의 전각들 중에 구 할이 수천 개
의 사업체들을 총괄하는 본부(本部)들이다.

그리고 나머지 일 할에 속하는 육십여 채의 크고 작은 전
각들이 내원(內院)인데 통칭 천보내원이라고 불리며 총단주 소
향대수의 거처다.

현재 그곳 천보내원에 화운룡을 비롯한 비룡은월문 천이백
여 명의 검사들과 오백 명의 금의위들이 몇 채의 전각에 나누
어 칩거하고 있다.

그러나 내원이 얼마나 큰지 그들 천칠백여 명이 기거하고

있어도 별다른 티가 나지 않았다.

실내에는 무거운 침묵이 자욱하게 흐르고 있다.

원래 이곳은 소향대수 반옥의 접객실로써 넓은 실내의 한복판은 비워두고 벽을 등지고서 멀찍이 앉아 있는 곳인데, 그런 형식을 매우 싫어하는 화운룡의 명에 따라서 커다란 원탁두 개를 실내 복판에 나란히 들여놓고 그곳에 여러 사람들이 둘러앉았다.

실내에는 화운룡의 측근이 아닌 한 사람이 앉아 있다.

그는 주룡 몽개의 사형이며 개방의 이장로인데 화풍우개(火風雨丐)라고 한다.

두 개의 원탁 하나에는 화운룡과 최측근들인 좌우호법 운설과 명림, 장하문, 홍예, 건곤쌍쾌, 당평원, 그리고 화풍우개가 앉았으며, 또 하나의 원탁에는 십오룡신과 금의총교위 임오가 앉아 있다.

소림사와 아미파, 개방 등이 포함된 구림육파에 화운룡이 무제한의 자금을 대기로 결정한 이후부터 구림육파 사람들에게 화운룡은 하늘 같은 대은인이 되었다.

구림육파는 자파 사람들에게 이르기를, 비룡공자 화운룡을 만나면 이느 누구라도 최고의 예의를 갖추어야 하며 그의 말은 곧 명령으로 받들어서 목숨을 바쳐 수행하라고 했다.

또한 무림에서 비룡은월문 사람을 만나거나 마주치게 되면 어떤 상황이더라도 무조건 양보하고 예의로써 대하라고 엄중하게 지시했다.

그러므로 구림육파의 하나인 개방이 화운룡의 일이라면 발 벗고 나서는 것은 너무도 당연하다.

닷새 전에 화운룡이 임오를 비롯한 오백 명의 금의위들과 광덕왕을 죽이기로 결정한 직후 개방에 연락하여 광덕왕에 대해서 샅샅이 조사하라고 부탁했다.

그래서 개방은 평소에 광덕왕에 대해서 세밀하게 조사를 하고 있었음에도 불구하고 정보 수집에 더욱 매진하여, 닷새 동안 전력을 다해 조사한 내용을 개방 이장로인 화풍우개가 화운룡에게 직접 갖고 온 것이다.

그런데 화풍우개가 갖고 온 정보 때문에 다들 무거운 분위기 속에서 굳게 입을 다물고 앉아 있다.

조금 전에 화풍우개는 광덕왕의 거처인 광덕왕부에 낯선 사람들이 우글거리고 있으며 그들이 천외신계 고수들인 것 같다고 말했다.

화풍우개의 말에 의하면 얼마 전까지만 해도 광덕왕부에는 천외신계 고수가 있기는 해도 거의 없는 것이나 같을 정도로 극소수였다고 한다.

그런데 며칠 사이에 천외신계 고수라고 확실시되는 인물들이 득실거리고 있다는 것이다.

화풍우개의 보고 이후 반각 가까운 꽤 오랜 침묵이 흐르고 있는데 아무도 입을 여는 사람이 없다. 화운룡이 침묵을 지키고 있기 때문이다.

이윽고 장하문이 가라앉은 목소리로 말문을 열었다.

"광덕왕부에 천외신계 고수들이 많은 이유는 천마혈계가 발동됐기 때문일 것입니다."

화운룡은 비룡은월문을 떠나오기 전에 통천방과 광덕왕이 동시에 비룡은월문을 공격하려는 이유를 천외신계가 천마혈계를 발동했기 때문일 것이라고 추측했다. 장하문은 그걸 말하고 있는 것이다.

장하문은 명석한 두뇌로 조금 전 반각의 침묵 동안 분석한 바를 조용한 목소리로 설명했다.

"단언하건대 천마혈계의 목적은 무림을 장악하는 것만이 아닐 것입니다. 그들의 목적은 천하입니다. 천하가 무엇이라고 생각합니까? 그 안에는 무림도 있으며 중원도 있고 대명제국도 있는 것입니다."

장하문은 화운룡을 쳐다보았다. 그가 팔짱을 낀 채 지그시 눈을 감고 있는 모습을 보고 말을 이었다.

"천마혈계가 발동되었으면 분명히 천외신계는 장악하려고 하는 천하의 각 방면으로 천여황 자신이 신임하는 심복 수하들에게 책임을 지워서 보냈을 것이고, 당연히 광덕왕에게도 그런 인물과 세력이 왔을 것입니다."

임오가 불쑥 물었다.

"천외신계 고수들이 광덕왕에게 왜 온 것이오?"

"광덕왕은 원래 천외신계와 결탁하고 있었소."

"그렇소?"

임오는 어이없다는 듯이 눈을 크게 뜨며 놀랐다. 그럴 수밖에 없는 것이 그는 집포금의위의 수장이라서 황명을 집행만 하는 탓에 정보하고는 거리가 멀기 때문이다.

그래서 임오의 의문은 거기에서 끝나지 않았다.

"광덕왕이 무엇 때문에 천외신계와 결탁한 것이오?"

장하문의 대답은 막힘이 없다.

"광덕왕은 황제를 독살하기 전이나 독살한 이후인 현재에도 황궁과 군부에 막강한 세력과 영향력을 지니고 있소. 대명 제국의 군부와 관부 거의 모든 것들이 그에게 장악됐다고 보면 될 것이오. 그게 다 누구 덕분인지 짐작하겠소?"

임오는 해연히 놀랐다. 광덕왕의 세력이 그 정도로 어마어마하다는 사실에 놀랐으며 그것이 천외신계 덕분이라는 사실에 더욱 놀랐다.

"천외신계라는 말이오?"

"그렇소. 처음에 광덕왕은 그저 여러 왕들 중에 한 명으로

서 아무것도 아닌 존재였지만 지금은 황제를 죽이고 머지않아
서 황위에 오를 대단한 존재가 되었소."

임오의 충격이 큰 만큼 의문은 끝이 없다.

"그런데 천외신계는 광덕왕의 황위 찬탈을 도와주고 어떤
대가를 얻는 것이오?"

"대명제국이오."

임오는 이해할 수 없다는 표정을 지었다.

"대명제국은 황위에 오르게 될 광덕왕의 것인데 어떻게 천
외신계가 대명제국을 얻을 수 있겠소?"

"대명제국은 광덕왕이 황위에 오를 때까지만 그의 것이오.
그다음은 천외신계 것이 되오."

임오의 얼굴에서 핏기가 사라졌다.

"아……."

임오는 굵은 침으로 심장을 찔린 듯한 표정을 지으며 자지
러지는 신음을 흘렸다.

그는 그제야 장하문의 말이 비로소 무슨 뜻인지, 그리고 지
금 상황이 어떻게 돌아가고 있는지 조금쯤 깨달을 수 있을 것
같았다. 광덕왕은 철저히 천외신계의 꼭두각시 노릇을 하고
있는 것이다.

임오의 깨달음에 장하문이 쐐기를 박아주었다.

"현재 광덕왕 주변에 천외신계 인물들이 우글거리고 있다

는 것은 광덕왕의 황위 즉위가 머지않았다는 뜻이고, 그것은 대명제국이 천외신계 수중에 떨어질 날이 얼마 남지 않았다는 얘기이기도 하오."

"맙소사……."

질린 표정의 임오는 몸이 후들거렸다.

"도대체 동창제독과 태감은 어쩌려고 그런 짓을……."

"천외신계가 황궁을 장악하면 가장 먼저 죽일 인물이 동창제독과 태감일 것이오."

임오가 천외신계 사람이라고 해도 동창제독과 태감을 제일 먼저 죽일 것이다.

황위를 찬탈하는 데 공이 컸던 동창제독과 태감은 광덕왕이 황위에 오른 이후에 논공행상에서 엄청난 상과 부귀영화를 원할 것이다.

광덕왕처럼 간교한 인물은 동창제독과 태감을 이용만 한 것이겠지만 천외신계에게 두 사람은 더욱 무가치한 존재이니 가차 없이 처단할 터이다.

그때 화운룡이 처음으로 입을 열었다.

"우개(雨丐)."

화운룡이 화풍우개에게 하대를 했지만 본인은 물론이고 그것을 이상하게 생각하는 사람은 아무도 없다.

"말씀하십시오."

화풍우개가 깍듯한 이유는 구림육파에서 무조건 최고의 예의를 갖추라고 했기 때문이기도 하지만, 실제로 그를 대하니까 그런 주의가 아니더라도 저절로 머리가 숙여지는 인물인 것 같았다.

"광덕왕부 내부 지도를 얻을 수 있나?"

"이미 갖고 있습니다."

화풍우개 역시 깍듯하게 대답했다.

화운룡은 화풍우개를 잘 알고 있지만 미래의 일이라서 그로서는 화운룡을 처음 보는 것이다.

"오늘 밤 내가 직접 가보겠다."

화운룡의 선언하듯이 말하자 크게 놀라는 사람은 화풍우개 한 사람뿐이다.

"광덕왕부는 말 그대로 용담호혈입니다. 거기에 들어갔다가는 살아서 나오지 못할 것입니다. 더구나 천외신계 인물들까지 득실거리고 있습니다."

그렇게 말하고 사람들을 둘러보던 화풍우개는 모두들 데면데면한 표정을 지으며 '그게 뭐 어때서?'라는 표정을 짓고 있는 것을 보았다.

그는 의아한 표정을 지으며 자신이 무얼 잘못했다는 기분이 들이 장하문에게 물었다.

"내가 뭘 잘못 알고 있는 것이오?"

장하문은 고개를 끄떡였다.

"그렇소."

"무엇을 잘못 알고 있소?"

장하문은 빙그레 미소 지었다.

"방금 광덕왕부에 가겠다고 말씀하신 분이 누구시오?"

평소에는 어디에서나 거침이 없는 화풍우개지만 화운룡에게만은 그러지 못했다. 그는 두 손으로 공손히 화운룡을 가리키며 말했다.

"문주 아니시오?"

"대답이 됐소?"

"그게 무슨……."

화풍우개는 어리둥절했다가 곧 깨달았다.

"아……."

비룡은월문 사람들은 화운룡을 하늘 같은 존재이며 전지전능(全知全能)한 존재로 여긴다는 사실을 화풍우개는 비로소 깨달았다.

'맙소사… 그 정도라는 말인가?'

화운룡이 여담처럼 화풍우개에게 물었다.

"구림육파는 잘되고 있는가?"

개방의 세 명의 장로와 방주는 모두 한 살 터울이다. 삼장로였던 몽개가 막내로 사십육 세고 이장로인 화풍우개가 한 살 위 사십칠 세, 대장로인 광륜광개(光輪狂丐)가 사십팔 세, 그리고 방주인 신풍개가 사십구 세다.

일부러 그렇게 하려고 짜 맞춘 것이 아닌데도 어쩌다 보니까 그렇게 돼버려서, 개방 방주와 삼장로에 대해서는 오랫동안 무림에 회자되고 있다.

'구림육파'라는 말이 나오자 화풍우개는 환한 미소를 지으며 공손히 대답했다.

"말도 마십시오. 모든 일들이 예상했던 것보다 빠르게, 그리고 원활하게 진행되는 바람에 다들 궁둥이가 들썩거리고 있습니다. 하하하!"

그는 엄지와 검지를 모아서 동그랗게 만들었다.

"이게 풍부하다 보니까 예전에는 안 되던 일들까지 지금은 술술 풀리고 있습니다."

중원 모처에 거대하게 짓고 있는 구림육파의 총 본거지는 이미 모양새를 거의 갖추어가고 있는 중이다.

거기에 더해, 구림육파 여섯 개 방파와 문파만이 아니라 무림 각지에서 하루에도 수십에서 수백 명씩 군웅들이 모여들고 있다는 말을 하고 싶어서 화풍우개는 입이 근질거리는 것을 겨우 참았다.

그래서 그는 최대로 압축해서 덧붙였다.

"모두 문주의 은덕입니다. 장차 천하에서 천외신계를 몰아내고 진정한 평화를 되찾게 되는 날이 온다면 그것은 다 문주의 공로라는 사실에 딴말할 사람은 아무도 없습니다. 사실 문주는 구림육파의 정신적인 지주이십니다."

화풍우개는 비룡공자 화운룡을 직접 만나고 그와 꽤 오랫동안 생활을 하다가 돌아온 신풍개와 혜성신니 일행이 입만 열면 화운룡에 대해서 몇 시진이고 칭찬을 늘어놓았다는 사실에 대해서는 말하지 않았다.

모두들 흐뭇한 표정을 지으며 새삼스럽게 존경의 시선으로 화운룡을 바라보았다.

임오는 구림육파가 무엇인지 이들이 무슨 얘기를 하는지 도통 모르지만 개방의 이장로만이 아니라 무림의 내로라하는 명숙(名宿)들마저도 화운룡을 진심으로 존경하고 있다는 사실을 깨달았다.

임오의 마음속에서 화운룡이라는 존재가 점점 크게 무럭무럭 자라고 있었다.

"악!"

운설에게 엉덩이를 꼬집힌 명림이 입 밖으로 뾰족한 비명을 터뜨렸다.

지금 운설과 명림은 화운룡 앞에 나란히 서서 대화를 나누고 있는데, 갑자기 운설이 뒤로 손을 뻗어 명림의 엉덩이를 힘껏 움켜잡은 것이다.

"설아."

화운룡이 조용히 부르자 운설은 얼른 명림의 엉덩이에서 손을 떼었다.

조금 전까지 화운룡은 오늘 밤에 광덕왕부에 잠입할 때 누구와 양체합일을 할 것인지 고르고 있는 중이었다. 오늘 밤의 일은 매우 중요해서 양체합일을 하게 될 사람을 고르는 일에 신경을 쓸 수밖에 없다.

운설이나 명림 두 여자 다 화운룡과 양체합일을 하고 싶어서 안달이 난 것은 두말하면 잔소리다.

양체합일 앞에서는 평소 온순한 성격에 뭐든지 운설에게 양보만 하는 명림이 고집쟁이가 되었다.

명림이 끝까지 한 치의 양보도 하지 않고 버티면서 자신과 양체합일을 했을 경우의 이로운 점들을 줄줄이 피력하자 다급해진 운설이 급기야 그녀의 엉덩이를 힘껏 움켜잡는 일까지 벌어지고 만 것이다.

화운룡이 짧게 말했다.

"림아, 준비해라."

순간 운설의 얼굴이 파랗게 질리더니 곧 절망이 떠오르고, 마침내 그 자리에 풀썩 주저앉아서 두 손으로 얼굴을 가리고 흐느끼기 시작했다.

"으흐흑……! 지지리도 복 없는 나 같은 년은 혀를 깨물고 죽어버려야 돼……."

운설의 갑작스러운 행동에 화운룡은 조금 당황해서 얼른 그녀를 부축했다.

"설아……."

"놔요!"

운설은 강하게 화운룡을 뿌리치면서 발딱 일어나더니 그를 힘껏 쏘아보았다. 그러더니 여전히 두 손으로 얼굴을 가린 채 방 밖으로 달려 나가며 울음을 터뜨렸다.

"흐어엉! 당신 곁에는 명림 언니만 있으면 되니까 다시는 절 찾지 마세요!"

"설아!"

화운룡이 따라 나가려는 것을 명림이 잡았다.

"속지 마세요. 순전히 파희(把戱: 속임수, 연극)예요."

정원으로 달려 나가던 운설은 명림의 말을 듣고 우뚝 멈춰서 하얗게 그녀를 흘겨보았다.

'저걸 언니라고 믿는 내가 바보지.'

운설의 귀에 화운룡의 말이 날아와서 꽂혔다.

"듣고 보니까 그런 것 같군. 하긴 설부(雪婦)가 우는 건 한 번도 못 봤어."

운설은 깜짝 놀랐다. 화운룡이 그녀를 '설부'라고 불렀기 때문이다.

미래에는 무황성에서 사람들이 운설과 홍예를 설부홍연(雪婦紅戀)이라고 불렀다.

그림자처럼 화운룡 곁에서 머물며 온갖 시중을 드는 운설은 부인 같다고 해서 '설부'였고 그녀보다 많이 어린 홍예는 애인 같다고 해서 '홍연'이라고 했었다.

운설은 과거로 회귀한 화운룡에게 처음으로 '설부'라는 말을 듣고 너무 기쁜 나머지 울컥 눈물이 솟구쳤다. 갑자기 미래로 날아간 기분이 들었다.

'아……'

문득 운설은 눈에서 뜨거운 눈물 한 방울이 또르르 흐르자 깜짝 놀랐다.

"나… 눈물이 났어."

그녀는 차갑고 비정한 성격이라서 평생 울어본 적이 없는데 지금 눈물이 흐른 것이다.

운설은 자신의 눈물을 보여주려고 기쁜 얼굴로 다시 방 안으로 달려 들어갔다.

"여보! 나 울고 있어요!"

그런데 서둘러서 뛰어가다가 겨우 한 방울 흐른 눈물이 툭 떨어져 버렸다.

"어디?"

명림이 눈을 동그랗게 뜨고 운설에게 바싹 다가들었고 화운룡도 옆에서 들여다보았다. 운설은 아직도 생생하게 느껴지는 눈물 한 방울이 있던 자리를 손가락으로 가리켰다.

"여… 여기 있잖아."

명림이 운설의 눈에서 눈곱을 떼어냈다.

"눈곱 말이니?"

"아… 씨."

운설이 다시 눈물을 만들어내기 위해 슬픈 감정을 잡으면서 미친 듯이 눈을 깜빡거리는데 명림은 화운룡의 손을 잡고 이끌었다.

"어서 가요, 운검."

운설은 멀어지는 명림을 눈빛으로라도 죽일 듯이 쏘아보며 어금니를 악물었다.

'네가 이렇게 나온다 그거지?'

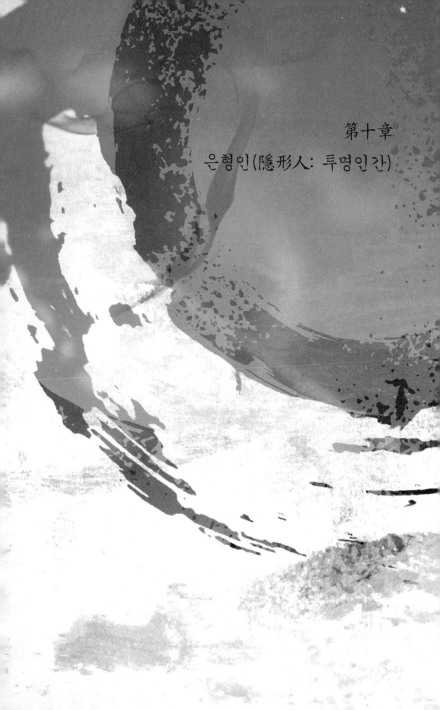

第十章

은형인(隱形人: 투명인간)

　공력이 무려 사백삼십 년에 달하는 화운룡이 명림과 양체 합일을 하려는 이유는 간단하다.

　천외신계가 천마혈계를 발동하여 광덕왕에게 사람을 보냈다면 결코 십존왕 정도는 아니며 그보다 훨씬 대단한 인물일 것이라는 판단에서다.

　화운룡은 천외신계 상층부에 대해서는 아는 바가 거의 없는 실정이다. 과거에도 미래에도 그의 인생에서는 천외신계라는 것은 존재한 적이 없었다.

　화운룡이 싸워본 십존왕은 화운룡의 측근들 중에서 가장

고강하다는 운설과 명림보다 고강했다.

그사이에 운설과 명림이 조금 더 고강해지긴 했지만 어쨌든 현재의 두 여자는 십존왕과 비슷한 수준이거나 그보다 반수 정도 하수일 것이다.

십존왕이 그 정도인데 그 위 등급인 절번과 초번은 과연 어떨지 상상이 되지 않는다.

천마혈계가 발동됐으므로 천여황이 예전처럼 십존왕을 보내지는 않았을 것이다.

십존왕보다 한 단계 위인 절번을 보냈다고 해도 십존왕보다 고강할 텐데 만약 그 위인 초번이 광덕왕 곁에 있다면 화운룡으로서는 바짝 긴장할 수밖에 없는 것이다.

또한 천여황을 제외한 최고위인 초번이 왔다고 가정을 했을 때 과연 그가 혼자 왔겠는가.

천외신계의 최고 통치자가 여황이라면 이 등급인 초번은 제후(諸侯) 수준일 것이다.

천외신계를 일국(一國)이라고 가정했을 때 제후라면, 중원으로 치자면 하나의 성(省)이나 그보다 더 광대한 영토를 지배하고 있을 것이다.

그러므로 초번 한 명은 작은 일국(一國)의 지배자라고 봐야 한다.

그래서 화운룡이 사백삼십 년의 엄청난 공력을 지니고 있음에도 불구하고 명림과 양체합일을 하여 만반의 준비를 하려는 것이다.

화운룡은 명림이 심혈을 기울여서 특수 제작해 두었던 운명갑(雲命鉀)이라는 것을 입고 명림이 옷에 들어오도록 앞쪽을 넓혀주었다.

보진은 자신이 제작한 양체합일용 특수옷을 천옥보갑(天玉寶甲)이라고 했다. 화운룡이 십칠룡신의 천룡이고 보진이 옥룡이기 때문이다.

그런데 명림은 화운룡과 자신을 아예 하나의 운명으로 묶어 특수옷을 운명갑이라고 이름을 지었으니 보진보다 한 술더 뜬 것이다.

"들어와라."

"네."

명림은 가슴이 심하게 두근거리고 얼굴에 온통 피가 몰려서 터질 것 같았지만 간신히 참으며 운명갑에 작은 교구를 살며시 밀어 넣었다.

슥—

두 사람이 들어가면 조금 작은 듯 꼭 맞게 제작한 운명갑에 들어간 명림은 몸 뒤로 화운룡의 단단한 몸을 느끼고 화들짝 놀랐다.

"아……."

놀라거나 좋아하는 티를 내지 말아야 하는데 그게 말처럼 쉽지가 않은 일이다.

"왜 그러느냐? 불편하면 말해라."

"아… 아니에요."

불편하기는커녕 좋아 죽는 명림이다.

"지금부터 우린 심신이 한 몸이 되어 꽤 오랫동안 같이 있어야 할 텐데 조금이라도 불편한 곳이 있어선 안 된다. 어서 말해라."

명림은 고즈넉이 대답했다.

"정말 없어요."

"그럼 됐다."

후아악!

"아악!"

그런데 갑자기 화운룡의 공력이 쏟아져 들어오자 명림은 죽는 것 같은 비명을 터뜨렸다.

예전과는 달리 사백삼십 년이라는 어마어마한 공력이 거대한 창처럼 밀려 들어오자 숨이 턱 막히고 몸뚱이가 부서지는 것만 같았다.

화운룡이 오륙십 년 공력이었을 때도 혼절할 것 같았는데 사백삼십 년 공력이야 오죽하겠는가.

화운룡은 명림이 조금 이상함을 느꼈다.

"림아, 어떻게 된 거냐?"

"……"

그러나 명림은 대답이 없다. 혼절했기 때문이다.

왈칵!

"무슨 일이에요?"

문이 거칠게 열리면서 운설이 달려 들어오며 놀란 얼굴로 물었다.

운설은 운명갑의 앞섶으로 빼꼼하게 얼굴을 내민 명림의 안색이 해쓱하고 눈을 꼭 감았는데 속눈썹이 바르르 떨리는 것을 보았다.

"여보, 언니 왜 이래요?"

"단전에 공력을 주입했더니 이렇게 됐다."

운설은 어떻게 된 일인지 짐작하고는 명림이 지금 맛보고 있을 황홀감 때문에 배가 아파서 죽을 지경이다.

운설은 자신의 두 손바닥에 현재의 감정을 충분히 실어서 명림의 양 뺨을 냅다 두들겨 팼다.

찰싹! 짜악! 찰싹!

"언니! 정신 차려요! 명림 언니!"

운설은 속으로 고소해서 죽을 지경이다. 하지만 얼굴은 걱정으로 물들어 있었다.

그날 밤.

화풍우개가 준 광덕왕부 내부 지도의 내용을 머릿속에 외우고 있는 화운룡은 광덕왕부의 복잡하게 얽혀 있는 전각들 사이를 쏘아가고 있다.

광덕왕부는 천보장의 사분지 일 정도의 규모로써 일반 장원의 열 배 이상 크기다.

광덕왕부 내의 경계는 삼엄하기 이를 데가 없다. 오죽하면 화운룡이 이날까지 살아오면서 이처럼 삼엄한 경계를 본 적이 없을 정도다.

각 전각들 입구를 지키는 고수들보다 돌아다니는 순회고수들이 몇 배나 더 많았다.

얼마나 경계고수와 순회고수들이 많은지 마치 광덕왕부 내 삼백여 채에 달하는 전각과 전각 사이에 몇 겹의 띠와 고리들이 이어져 있는 듯했다.

그 삼백여 채의 전각 이 층과 삼 층 지붕에도 수백 명의 고수들이 지키고 있으므로 화풍우개가 광덕왕부를 용담호혈이라고 한 말이 맞았다. 아니, 용담호혈이라고 표현한 설명이 부족할 지경이다.

사사······.

한 채의 전각 모퉁이를 돌던 화운룡은 전방에서 다섯 명의 고수들이 걸어오고 있는 것을 발견하고 급히 뒤로 몸을 빼서 원래의 모퉁이 너머 자리로 돌아갔다.

그런데 뒤쪽에서 다른 기척이 감지됐다. 방금까지만 해도 없었던 순회고수들이 전각 뒤쪽 모퉁이를 돌아서 이쪽 전각으로 모습을 드러내고 있는 중이다.

스읏……

순간 그의 몸이 둥실 떠올라 등이 전각의 일 층 처마에 찰싹 달라붙었다.

이 전각은 삼 층까지 있으며 각 층마다 밖으로 돌출된 지붕이 있는데 화운룡이 달라붙은 곳이 바로 그런 일 층의 지붕 아래 처마다.

벽에서 처마가 돌출된 길이는 두 자 남짓, 그나마 처마 위쪽 지붕에도 세 명의 경계고수가 나란히 서 있다.

밤이라고는 하지만 광덕왕부 곳곳에 불이 환하게 밝혀져 있어서 대낮이나 다름이 없다.

저벅저벅……

모퉁이 저쪽과 이쪽 뒤에서 발소리가 가까워지고 있으며 처마의 기와 위에 있는 경계고수들의 숨소리는 화운룡 머리에 입김을 불어대는 것처럼 가깝게 느껴졌다.

화운룡과 명림이 입고 있는 운명갑이 검은색이라서 잘 눈에 띄지는 않지만, 잠시 후에 아래를 지나가게 될 순회고수가 위로 고개만 들면 머리 이 석 자 거리 처마에 붙어 있는 화운룡을 발견할 수 있을 것이다.

'쯧쯧… 무공이 화경(化境)에 이르러도 적진에 잠입하는 것은 어려운 일이로군.'

화운룡은 처마에 매달린 채 속으로 투덜거렸다.

저벅저벅…….

뒤쪽에서 오는 순회고수 세 명이 일렬로 화운룡 아래로 지나가고 있다.

그들은 모퉁이를 돌아가서 마주 오는 또 다른 세 명과 마주치자 서로 알은체를 했다.

그들은 그곳에 멈춰 서서 잠시 동안 서로 사소한 대화를 나누다가 스쳐 지나갔다.

그런데 이번에는 일 층 지붕 위에 서 있는 경계고수가 모퉁이를 돌아서오는 순회고수를 내려다보며 알은체했다.

그러자 이쪽으로 모퉁이를 돌고 있는 세 명 중에 선두의 한 명이 일 층 지붕 위의 경계고수를 쳐다보면서 낮게 웃으며 뭐라고 말했다.

모퉁이를 돌고 있는 순회고수들이 만약 이대로 위를 쳐다본다면 지붕 아래 처마에 등을 붙이고 엎드려 있는 화운룡을 발견할 것이다.

저벅저벅…….

"저녁은 뭘 먹었나?"

"아직 먹지 못했네. 한 시진 후에 교대를 해줘야지만 먹을 수가 있을 거야."

"허어… 참. 배고파서 어쩌는가?"

이들은 정말 쓸데없는 대화를 나누었다.

그런데 아뿔싸. 모퉁이를 돌고 있는 앞쪽의 순회고수가 계속 지붕 위를 쳐다보면서 말을 하고 있다.

순간 화운룡은 이들을 죽여야겠다고 마음먹었다. 지상에 여섯 명과 지붕의 세 명 도합 아홉 명을 죽이는 것은 눈 한 번 깜빡할 사이에 가능한 일이지만 나중에 일이 커질 수도 있다. 그러나 지금으로썬 어쩔 수가 없다.

"자네 춘서문(椿西門) 밖의 그 주루에 가본 적 있나?"

화운룡이 무형지기를 막 뿜어내리는데 아래쪽 선두의 고수가 위를 쳐다보면서 물었다.

문득 화운룡은 무형지기를 발출하려다가 거두고 선두 고수의 눈을 쳐다보았다.

그런데 그자의 눈은 화운룡을 쳐다보고 있지 않았다. 시선이 처마를 향하고 있는지 지붕 위를 향하는지 자세히 보니까 알 수 있었다.

화운룡과 명림이 컴컴한 처마 아래에서 검은 옷을 입고 있는 데다 숨소리나 어떤 기척도 내지 않으니 정확하게 그가 있는 곳을 보지 않으면 발견하기 어려웠다.

순회고수들이 지나가고 지붕 위 경계고수들이 조용해지자 화운룡은 땅에 기척 없이 내려섰다.

'은형인(隱形人: 투명인간) 같은 것이 되면 좋겠군.'

속으로 중얼거리던 그는 고개를 갸웃했다.

'은형인은 될 수는 없는 것인가?'

은형인이 된다는 것은 지금껏 한 번도 시도해 본 적이 없는 미지의 세계다.

미래의 그는 이런 식으로 어떤 곳에 은밀하게 잠입했던 적이 거의 없었기 때문이다.

그는 가만히 서서 은형인이 될 수 있는 방법을 곰곰이 궁리해 보았다.

은형(隱形)이라는 것은 말 그대로 육안으로는 보이지 않는 것을 말한다. 살수나 사파의 인물들이 사용하는 은신술하고는 근본적으로 차원이 다르다.

은신술은 눈속임이지만 은형은 공력을 사용하기에 아예 눈에 보이지 않는다.

화운룡은 원래 어떤 일에 생각이 미치고 흥미가 생기면 시간과 장소를 불문하고 골몰하는 성격이다.

그는 벽 앞에 우두커니 선 채 시간이 가는 줄 모르고 생각에 잠겼다.

그가 하도 오래 움직이지 않자 궁금하고 또 걱정이 된 명림이 조심스럽게 전음으로 물었다.

[운검, 뭐 하세요?]

하지만 명림의 말도 그의 생각을 방해하지 못했다.

그때 명림은 모퉁이 너머에서 또다시 발소리가 다가오는 소리를 들었다.

저벅저벅……

[운검! 정신 차려요!]

그녀가 전음으로 바락 외치자 화운룡은 생각에서 깨어났다.

[무슨 일이냐?]

[모퉁이 너머에서 순회고수가 오고 있어요!]

저벅저벅……

그런데 바로 그때 발소리와 함께 순회고수의 모습이 모퉁이 이쪽으로 막 나타나고 있다.

자신의 키 높이에 뚫어놓은 눈구멍으로 전방의 순회고수를 발견한 명림은 다급해졌다.

[어떻게 해요?]

운명갑은 순전히 화운룡의 체구에 맞췄기 때문에 그녀의 두 팔은 그와 같은 소매 속에 들어 있기는 하지만 손끝까지 소매 속에 들어 있어서 어떻게 해볼 재간이 없다.

그러나 이미 늦었다. 세 명의 순회고수가 모퉁이를 다 돌아서 이쪽으로 곧장 걸어오고 있으며 거리는 기껏해야 일 장에 불과하다.

화운룡이 그들을 향해서 정면으로 서 있는데 그들이 장님이 아닌 이상 발견하지 못할 리가 없다.

그런데 이상한 일이 일어났다. 분명히 화운룡을 발견했을 텐데도 그들은 아무렇지도 않다는 듯이 이쪽으로 똑바로 걸어오고 있지 않은가.

반 장까지 가까워졌는데도 그들은 부딪칠 것처럼 그냥 곧장 걸어왔다.

그때 화운룡이 옆으로 한 걸음 슬쩍 비켜서자 세 명의 순회고수들은 그의 곁으로 닿을 듯이 스쳐 지나갔다. 마치 화운룡이라는 존재를 보지 못한 것 같은 행동이다.

화운룡은 빙글 돌아서서 순회고수들이 멀어지는 모습을 응시하며 빙그레 미소를 지었다.

'후후… 성공이로군.'

명림은 귀신에 홀린 듯한 기분으로 중얼거리듯이 물었다.

[운검, 어떻게 된 일이에요? 방금 전에 도대체 무슨 일이 일어났던 거죠?]

명림도 화운룡과 단둘이 있을 때나 급할 때는 사사롭게 부르는 '운검'이라는 호칭을 사용했다.

화운룡은 걸어가면서 태연하게 말했다.

[은형인이 성공했다.]

[은형인?]

명림은 처음에 그게 무슨 말인지 몰랐다가 잠시 후에 화들짝 놀랐다.

[사람들 눈에 보이지 않는 은형인 그거 말이에요?]

[그래.]

[세상에 어떻게 그럴 수가⋯⋯.]

명림은 화운룡의 말을 듣고서도 믿어지지가 않았다. 자신들이 다른 사람들 눈에 보이지 않게 되었다니 어떻게 그걸 믿을 수 있겠는가.

화운룡으로서는 겨우 전개한 은형인이 제대로 되고 있는지 어떤지를 확인할 수 있는 방법이 사람들 앞으로 돌아다니는 것밖에 없다. 사람들 눈에 보이지 않으면 성공한 것이고 보이면 실패다.

그는 주위를 두리번거리다가 머릿속에 저장해 둔 광덕왕부 내부 지도를 되살려서 전각과 전각 사이의 마당을 느릿느릿 걸어갔다.

*   *   *

많은 고수들이 앞에서 다가오고 옆에서 스쳐 가는데도 아

무도 화운룡을 보지 못하는 것 같으니, 명림은 참지 못하고
다시 물었다.

[어떻게 한 거죠?]

화운룡은 친절하게 설명해 주었다.

[무형의 강기를 거미줄처럼 가늘게 쪼개서 뽑아내어 몸 주
위 허공에 빽빽하게 두른 거야.]

[무형막인가요? 위험해욧!]

명림이 말하다가 왼쪽에서 부딪칠 것처럼 다가오는 몇 명의
고수들을 발견하고 다급하게 외쳤다.

고수들은 어느새 화운룡의 왼쪽 반 장까지 접근하고 있는
중이었다.

화운룡은 걸음을 멈추어서 그들이 앞으로 지나가게 만든
후에 다시 걸음을 옮기며 말했다.

[무형막이 아냐. 무형막은 빛이 반사되거나 굴절되기 때문
에 우리 모습이 보이지 않더라도 무형막이 쳐진 공간이 이상
하게 일그러져서 보이기 때문에 안 돼.]

[무슨 말씀이신지⋯⋯.]

명림은 화운룡의 말을 조금도 이해하지 못했다.

[무형강기를 아주 가늘게 만들면 빛을 반사하지도 굴절하지
도 않아. 그래서 그건 우리 몸을 가릴 정도로 주위에 무수히
많이, 빽빽하게 수천 가닥을 치되 허공에 팔괘(八卦)에 의한 건

곤형이진(乾坤形而陣)을 펼치면 돼. 그러면 무형강기의 가닥과 천공의 각 진이 서로 연결되어 우릴 절대로 보이지 않게 만드는 원리야.]

[아아… 저는 아무것도 모르겠어요. 그냥 모르고 있는 편이 나은 것 같아요.]

명림은 화운룡의 말을 이해하려고 했더니 이해는커녕 머리만 지끈거렸다.

명림이 이해하든 말든 화운룡은 은형인이라는 새로운 수법을 창안해서 너무 기분이 좋았다.

'흠! 앞으로는 이 수법을 자주 전개해야 할 것 같은 느낌이 드는군.'

그렇지만 그는 곧 씁쓸한 표정을 지었다.

은형인이 되기 위해서 무형강기를 거미줄처럼 수천 가닥으로 뽑아내려면 그의 사백삼십 년 공력으로도 턱없이 부족하기 때문이다.

현재 화운룡과 명림의 합일된 공력을 단순한 수치로 계산하면 육백칠십 년 수준이다.

공력이 사백 년에 이르면 되돌아서 참을 가진다는 반박귀진(反撲歸眞)에 이르는데, 화운룡 혼자일 때의 사백삼십 년 공력이 바로 이 수준이다.

반박귀진보다 한 단계 위의 수준이 마침내 산봉우리에 올라서 극을 이룬다는 등봉조극(登峰造極)이며 사백육십 년 공력을 가리킨다.

그리고 그 위 단계가 여섯 호흡이 근본으로 돌아간다는 육식귀원(六息歸元)인데 이때가 오백이십 년 공력이며 여기까지가 인간의 한계 경지다.

이때부터는 인간을 벗어난 반신(半神)의 경지에 드는데 그 처음이 음신(陰神)과 양신(陽神)을 만들 수 있는 출십입화지경(出身入化之境)이다.

그것을 달리 화경이라고 부르는데 미래의 화운룡은 이 단계에 이르러서 천하에 적수가 없으며 더 이상 오를 곳이 없다고 판단하여 결국은 무공 연마를 중단했다.

이 출신입화지경 즉, 화경을 굳이 수치로 재라고 하면 육백 년 공력이라고 할 수 있다.

화경 위의 단계가 바로 우화등선인데 여기에 대해서는 알려진 바가 전혀 없으며 화운룡으로서도 도달한 적이 없어서 공력을 잴 수 있는 것인지 아니면 인간이 도달할 수 있는 것인지 전혀 모른다.

어쨌든 현재 화운룡과 명림이 합친 공력이 육백칠십 년 수준이니까 화경을 넘어선 것만은 분명하다.

중요한 것은 화경에 이르러야지만 순수하게 공력으로 은형인 수법을 전개할 수 있다는 사실이다.

[저기로군요.]

전음인데도 명림의 목소리에 긴장이 짙게 배었다.

은형인 상태인 화운룡은 근사한 정원 맞은편에 웅장하게 지어져 있는 오 층 전각을 응시했다.

전각은 탑 형태로 위층으로 올라갈수록 조금씩 층의 규모가 작아졌다.

그렇지만 전각 자체가 워낙 거대하기 때문에 최고층인 오 층 하나만 달랑 떼어낸다고 해도 웬만한 전각보다 몇 배는 훨씬 클 것 같았다.

전각 일 층 입구의 현판에는 용사비등한 큰 글씨체로 '등룡전(騰龍殿)이라고 적혀 있다.

예로부터 황제를 용(龍)에 비유를 했으므로 '등룡'이란 용 즉, 황제의 지위에 오른다는 뜻이다.' 전각의 이름만으로도 광덕왕의 야욕이 여실히 드러나고 있다.

광덕왕은 바로 저 등룡전에서 머지않아 황위에 오를 꿈을 꾸고 있는 것이다.

화풍우개가 준 광덕왕부 내부 지도에서 광덕왕의 집무실을 가리키는 곳이 바로 이곳 등룡전이다.

등룡전 내부에 대해서는 전혀 알려진 바가 없으며 화풍우개 역시 아무것도 아는 것이 없었다.

그러니까 여기에서부터는 화운룡이 직접 잠입해서 몸으로 부닥치며 뭔가 하나라도 알아내야만 한다.

그러다가 오늘 밤에 광덕왕을 죽일 수 있다면 그야말로 금상첨화가 아니겠는가.

그러나 문제가 하나 있다.

현재 은형인을 전개하느라 공력의 팔 성을 사용하고 있기 때문에 이 상태에서는 누군가를 죽이는 것이나 싸우는 것이 불가능하다. 그래야만 할 상황이 되면 은형인 수법을 거두어야만 한다.

화운룡은 잠시 머뭇거렸다. 무황성주 십절무황인 그가 머뭇거리는 것은 몹시 드문 일이다.

그러나 그가 머뭇거리는 이유는 등룡전에 잠입할 것인지 말 것인지 때문이 아니라 전혀 다른 문제다.

아까 은형인을 전개하여 성공한 이후에 문득 어떤 생각이 떠올랐다. 명림과의 양체합일을 한 단계 더 발전시킬 수 있지 않을까 하는 것이다.

그렇게 해서 어떤 결과를 가져올지에 대해서는 아직 미지수지만 현재 양체합일한 것보다 한층 더 진보할 것이라는 게 화운룡의 확신이다.

그렇다고 해도 그가 육십사 년 후 십절무황 시절에 우화등선을 시도했다가 과거로 회귀한 사건 같은 것은 일어나지 않을 터이다.

그가 우화등선을 시도했다가 과거로 회귀한 것은 우화등선이 아니다.

장하문의 말에 의하면 그가 과거로 회귀한 것은 그가 안배한 쌍념절통이라는 것일지도 모른다.

그래서 화운룡은 양체합일을 한 단계 더 발전시키면 우화등선을 할 수 있을지도 모른다는 생각을 했다. 지금 그에게 필요한 것이 우화등선이다.

그가 우화등선을 하려는 이유는 명림과 함께 신선이 되겠다는 것이 아니라 이곳 광덕왕부에 있을 천외신계의 막강한 존재 때문이다.

화운룡은 한 번 살았던 생에서 무적검신이나 십절무황으로 수많은 상대와 싸워서 단 한 번도 패배하지 않았지만 천외신계의 진짜 초절고수하고 싸워본 적은 없었다.

대명제국을 포함한 천하를 도모하겠다고 수백 년 동안 준비를 해온 천외신계다.

모든 준비가 완벽해졌다는 확신이 섰기 때문에 마침내 천마혈계를 발동한 것이다.

그런데도 중원 무림은 거기에 대해서 그 어떤 대비조차도 하지 않았다.

아니, 중원 무림이 아니라 지금은 화운룡 개인의 문제다.

그가 지금 믿고 있는 것은 오로지 하나밖에 없다. 명림과
양체합일을 했다는 것뿐인데 그것만으로는 부족할 것 같은
기분이다.

[왜 그러세요?]

등룡전에 진입하지 않고 묵묵히 서 있는 화운룡이 이상했
는지 명림이 조심스럽게 물었다.

화운룡은 정신을 차렸다. 지금 양체합일을 진일보시키는
것은 시기상으로나 장소로 보나 적합하지 않다.

[림아, 전음을 하지 말고 이제부터는 서로의 마음을 읽도록
하는 게 좋겠다.]

명림은 깜짝 놀랐다.

[네에?]

[척탁음술(拓探音術)이라는 것을 아느냐?]

명림으로서는 금시초문이다.

[그게 무엇인가요?]

[전음을 가로채서 듣는 수법이다.]

명림은 깜짝 놀랐다.

[그런 것이 있나요?]

[음, 마도와 사파에 실전(失傳)된 수법인데 당금 무림에는 그
걸 시전하는 인물이 없어. 그렇지만 천외신계 고수가 그걸 알
고 있어도 이상할 것은 없지.]

명림의 목소리가 작아졌다.

[그렇군요…….]

[그러니까 우리가 전음으로 대화를 나누는 것은 위험하다. 지금부터 내가 양심통기공(兩心通氣功)을 전개할 테니까 그때부터는 나한테 전음을 하지 않아도 된다.]

[양심통기공이라니…….]

명림은 더럭 겁이 났다.

[그… 러면 운검이 제 생각을 다 읽게 되는 건가요?]

그녀의 목소리가 떨렸다.

[그거야 당연하지.]

[아… 안 돼요!]

순간 명림이 자지러지는 비명을 질렀다.

[왜 그러느냐?]

[그냥 안 돼요. 그냥 전음으로 해요.]

명림은 떨리는 목소리로 고집을 피웠다.

화운룡이 양심통기공이라는 것을 전개하여 그와 명림 자신의 마음을 서로 공유하게 되면 지금 그녀가 품고 있는 마음을 그가 다 알게 될 것이다.

그녀는 화운룡과 양체합일을 한 순간부터 말로는 설명할 수 없는 행복한 기분에 빠져 있으며 어떨 때는 문득 앙큼한 생각마저 하고 있다.

그런데 그걸 들킬 수는 없는 노릇이다. 죽으면 죽었지 그것만은 절대로 안 될 일이다.

그녀가 앙큼한 흑심을 품고 있다는 사실을 화운룡이 알게 된다는 것은 있을 수도 없는 일이다.

명림이 너무 완고해서 화운룡은 좀 이상한 생각이 들었지만 그녀가 싫다는 것을 억지로 할 수는 없다.

[알았다. 들어간다.]

그는 한차례 호흡을 가다듬고는 등룡전 일 층 입구를 향해 곧장 걸어갔다.

등룡전 일 층 대전 입구에는 두 명의 고수가 지키고 있는데 문제는 문이 굳게 닫혀 있다는 사실이었다. 문이 열려 있으면 그냥 들어가면 되는데 닫혀 있는 문을 열다가 소리가 날 수도 있다.

화운룡은 태연하게 두 명의 고수 옆을 지나쳐서 커다란 문 앞으로 다가갔다. 물론 고수들은 그의 존재를 전혀 눈치채지 못하고 정면만 주시하고 있다.

살짝 밀어봐서 만약 문이 잠겨 있다면 다른 방법을 찾아야 할 것이다.

슥······.

손바닥을 문에 대고 약간 힘을 주었다.

스으으…….

문이 육중하게, 그리고 소리 없이 안으로 열렸다.

'됐다.'

그는 속으로 쾌재를 불렀다. 이 순간의 그는 육백칠십 년 공력을 지녀서 화경에 이른 반신인간이 아니라 그저 잠든 아버지 몰래 맛있는 과자가 담겨 있는 그릇을 훔치려는 개구쟁이 아이 같은 심정일 뿐이다.

이윽고 한 사람이 들어갈 만한 틈이 벌어지자 화운룡은 살짝 몸을 집어넣다가 실소를 흘렸다.

명림과 양체합일을 해서 몸이 뚱뚱해졌다는 사실을 잠시 잊고 있었다.

손에 힘을 주어 문을 조금 더 열었다.

그긍…….

그런데 난데없이 묵직한 소리가 낮게 흘렀다.

화운룡과 명림은 동시에 온몸에 소름이 좍 끼쳤다.

공력을 육백칠십 년이나 지니고서도 소름이 끼칠 수도 있다는 사실을 두 사람은 처음 깨달았다.

대전 입구를 지키는 두 명의 고수가 급히 뒤돌아보았다.

문은 아까처럼 굳게 닫혀 있으며 아무도 없었다.

두 명의 고수는 자신들이 잘못 들었다는 사실에 서로를 쳐다보면서 멋쩍게 웃고는 다시 앞을 쳐다보았다.

실로 번개 같은 속도로 화운룡은 문 안으로 들어가서 잽싸게 다시 문을 닫았다.

그러나 대전 안으로 들어온 화운룡과 명림은 그 자리에 얼어붙었다. 명림은 물론이고 화운룡조차도 지금처럼 황당한 경우는 생전 처음 겪어보는 것이다.

두 사람이 들어선 곳은 마당처럼 드넓은 대전이었는데, 지금 그곳에 약 이백 명 정도의 회색 경장을 입은 고수들이 정면을 향한 채 가부좌의 자세로 앉아 있다가 고개를 돌려서 두 사람을 쳐다보고 있다.

화운룡이 방금 전에 문을 열다가 난 소리 때문에 쳐다보고 있는 것이 분명하다.

저들 이백여 명의 회의 경장인들 눈에는 화운룡이 보이지 않을 텐데도 이백여 쌍의 시선을 한 몸에 받자 화운룡은 머쓱한 기분이 들었다.

화운룡이 보니까 일 층의 대전에는 이백여 명의 회의 경장인들이 앉아 있고, 양쪽으로 복도가 있으며, 양쪽 복도 끝에 또 다른 두 개의 넓은 대전이 있는데 그곳에도 회의 경장인들이 앉아 있는 광경이 끄트머리만 보였다.

화운룡이 봤을 때 일 층에만 약 오류백 명의 회의 경장인들이 앉아 있는 것 같았다. 그들의 첫 인상은 꽤나 단단하고 건조하다는 느낌이다.

천외신계 고수들이 분명한 것 같은데 화운룡이 지금껏 봐 왔던 색성칠위의 고수들이나 각 급의 투정수들하고는 전혀 다른 분위기를 풍겼다.

'이놈들은 군사 같은 느낌이로군.'

군사도 보통 군사가 아니다. 화운룡은 대명의 황군이나 구 문제독부의 군사, 국경의 군사 등 여러 군사들을 봤지만 이런 분위기를 풍기는 군사는 처음이다.

회의 경장인들은 한쪽 어깨에는 석 자 길이의 푸른색 봉을, 다른 쪽 어깨에는 붉은색의 활과 화살통을 메고 있으며, 양쪽 허리에 반월처럼 굽은 기형의 칼을, 그리고 허리 뒤쪽, 그러니까 등허리에는 팔뚝 두 개 굵기의 검은 통을 차고 있는 모습들이다.

'저 활과 칼은 토번국(吐蕃國)의 것과 흡사하군.'

지난번에 화운룡과 친구가 된 율타와 해화는 천외신계가 여러 나라 사람으로 이루어진 다민족국가인데 그중에 토번도 있다고 했다.

'그렇다면 이들은 토번의 군사들이고 광덕왕을 찾아온 천여황의 심복 수하는 토번국의 제후가 분명하다.'

지금까지 화운룡의 추리는 틀린 적이 거의 없었다. 그의 추리가 타의 추종을 불허하는 이유는 그가 지닌 엄청난 박식함에 기인하고 있기 때문이다.

'군사이기는 하지만 보통 군사가 아니라 특수한 무공을 고도로 연마한 자들이다.'

회의 경장인들은 여전히 문 쪽을 쳐다보고 있으며 그들의 눈은 깊숙하게 가라앉았으면서도 평정심 속에 불길 같은 것이 이글거렸다.

또한 관자놀이 옆 양쪽 태양혈(太陽穴)이 두둑하게 솟은 것으로 미루어 최소 일류고수 이상의 무인이 분명하다.

'무인에다가 군사적인 훈련까지 곁들였다면 절대로 평범하게 봐서는 안 된다.'

통천방 같은 무림의 여타 방파나 문파의 고수들을 상대하기가 편한 이유는 고도로 숙달된 협공이나 결속, 질서가 부족하기 때문이다.

그런데 화운룡은 회의 경장인들이 조금 전에 문이 열리는 소리를 듣고 쳐다보는 것치고는 너무 오래 쳐다보고 있다는 사실이 신경 쓰였다.

문 쪽에서 이상한 소리가 나서 쳐다봤다가 아무도 없으면 다시 시선을 거두어야 하는데 이들은 마치 화운룡을 발견한 것처럼 뚫어지게 주시하고 있지 않은가.

화운룡은 현재 은형인을 전개하고 있기 때문에 저들에게 보일 리가 없지만 어쨌든 기분이 나쁜 것은 사실이다. 그러므로 화운룡으로서는 뭔가 행동을 취해야만 한다.

스스슥⋯⋯.

그런데 화운룡이 행동을 취하기도 전에 회의 경장인들이 약속이나 한 것처럼 일제히 일사불란하게 어떤 기척도 없이 스르르 일어섰다.

그러고는 화운룡을 향해 천천히 다가오면서 일제히 허리의 칼을 뽑았다.

스거엉!

이백여 자루의 토번혼(土蕃魂)이라고 불리는 칼이 뽑히는 소리가 거대한 작두를 내리긋는 소리 같아서 화운룡조차도 조금 긴장하게 만들었다.

＊　　　　　＊　　　　　＊

화운룡은 조금 어이없는 표정을 지었다가 어떤 생각이 들어서 입을 꾹 다물었다.

'이자들은 나를 발견한 것이 아니라 문 열리는 소리를 듣고는 평소 훈련받은 대로 반응을 하고 있는 것이다. 그 어떤 작은 것이라도 결코 흘려 버리지 말라는 교육과 훈련을 받은 것이 분명하다.'

스으⋯⋯.

회의 경장인들이 다가오자 화운룡은 선 채로 둥실 허공으로 떠올라 이 층으로 뻗은 계단을 향해 비스듬히 날아갔다.

그가 계단 난간 위에 살짝 내려서서 돌아보자 문과 가장 가까운 쪽의 회의 경장인 이십여 명이 반원을 형성한 상태에서 아무도 없는 문을 향해 일제히 토번혼을 휘둘렀다.

쉬이익!

만약 문을 등지고 화운룡이 거기에 서 있었으면 반격을 할 수밖에 없는 상황이다. 물론 화운룡이 당할 리는 없겠지만 그리되면 한바탕 원하지 않는 격전을 치러야만 했을 터이다.

이십 자루의 토번혼이 이십 개의 방향에서 문을 향해 소나기처럼 쇄도했다.

그러나 이십 자루 토번혼은 허공을 그었으며, 그들은 일제히 토번혼을 거두더니 원래의 자리로 돌아갔다.

문 근처에 아무도 없다는 사실을 확인한 것이다.

그들 이백여 명은 아무 일도 없었다는 듯이 문을 등지고 정면을 향해 가부좌로 앉아서 지그시 눈을 감았다. 운공조식을 하면서 쉬고 있는데도 질서와 절도, 엄숙함이 풍겨 나왔다.

화운룡은 잠시 그들을 지켜보다가 이 층으로 쏘아 올라갔다.

이 층은 일 층과 달리 거미줄처럼 복잡하게 사방으로 뻗어 있는 여러 가닥의 복도 양쪽으로 수백 개의 방들이 빼곡하게 이어져 있는 구조를 지녔다. 아마도 광덕왕 휘하의 여러 심복들의 집무실이나 연공실, 숙소인 것 같았다.

화운룡은 이곳에는 볼일이 없을 듯해서 삼 층으로 올라가는 계단을 찾기로 했다.

보통 이런 오 층 규모의 전각에는 우두머리가 보통 사 층이나 오 층을 사용하는 것이 상식이다. 그러므로 광덕왕이 이곳에 있다면 그곳에 있을 것이다.

그런데 지금 그가 있는 이 층으로 올라온 계단 위에서는 삼 층으로 오르는 계단이 보이지 않았다.

그는 방금 전 일 층 대전에서 복판의 계단으로 올라왔으므로 일반적인 구조로는 삼 층으로 오르는 계단도 이 층 복판에 있을 터이다.

그는 거침없이 이 층의 복판이라고 짐작되는 방향의 복도를 쏘아갔다.

결과적으로 화운룡의 예상은 빗나갔다. 삼 층으로 오르는 계단은 이 층 복판이 아니라 뒤편에 있었다.

그런데 예상을 빗나간 것은 그것만이 아니다. 문제가 하나 생겼다. 그것도 경험이 풍부한 화운룡으로서도 어떻게 해볼 재간이 없는 난감한 문제다.

삼 층으로 오르는 계단 맨 아래쪽에 두 명의 청의 경장을 입은 고수가 서 있으며 그들이 입구를 가로막고 있었다.

그들 역시 일 층의 회의 경장 고수와 같은 무기를 지니고 있는 모습이다.

누가 계단 입구를 가로막고 서 있으면 옆쪽 난간으로 뛰어오르면 되지 않을까 말할 수도 있겠지만 지금 상황은 절대로 불가능한 일이다. 난간이라는 것이 아예 없으며 계단의 옆면이 온통 벽으로 다 막혀 버린 구조이기 때문이다.

그리고 계단 아래 쪽 입구에는 한 사람이 겨우 지나갈 수 있을 정도의 좁은 문 같은 구멍만 뚫려 있을 뿐이다.

그런데 바로 그곳을 두 명의 청의 경장 고수가 떡하니 가로막고 있으니 하늘이 두 쪽이 나도 그들을 제압하기 전에는 통과할 수가 없는 상황이다.

화운룡은 두 명의 청의 경장 고수 전면 세 걸음에 멈춰서 미간을 잔뜩 찌푸렸다.

'난감하군.'

다시 말하지만, 그에게 육백칠십 년이라는 어마어마한 공력이 있으면 무얼 하겠는가.

지금 상황에서는 그것이 하등의 소용이 없다. 이것은 공력이 아니라 머리를 써야 할 일이다.

화운룡이 아까 여기까지 오는 동안에 확인을 했지만 이 층에는 창이 하나도 없었다. 그것은 창을 통해서 밖으로 나갈 수 없다는 뜻이다.

천장이나 계단의 난간 대신 막아놓은 벽을 뚫어야만 삼 층으로 올라갈 수 있는데. 화운룡이 바보 천치가 아닌 이상 그렇게 할 리가 없다.

[어떻게 하죠?]

명림이 걱정스럽게 전음을 보내자 화운룡은 흠칫했다.

세 걸음 앞에 서 있는 청의 경장 고수가 척탁음술을 발휘하여 전음을 훔쳐 들을 수도 있는데 명림이 대뜸 전음을 보냈기 때문이다.

화운룡은 우선 내부 단속부터 하기로 했다.

그는 두 손으로 명림의 몸을 가볍게 안고 공력을 끌어 올려 가슴을 통해서 그녀의 등으로 부드럽게 주입시키며 양심통기공의 구결을 외웠다.

퍼어어……

'악!'

명림은 등으로 부드럽고 따스한 기운이 마치 뜨거운 물에 몸을 담갔을 때처럼 스며들자 내심 비명을 질렀다.

'뭐… 뭐지, 이건?'

'어쩔 수 없이 양심통기공을 전개했다.'

'뭐라고요?'

화들짝 놀란 명림은 자신의 생각을 화운룡이 알았으며, 또한 그가 전음을 보내지 않았는데도 불구하고 마음속으로 자신의 것이 아닌 어떤 생각 하나가 오롯이 떠오르는 느낌을 받고는 소스라치게 놀랐다.

'흐애액?'

전직 아미파 장로였던 그녀가 내심으로 괴이한 괴성을 터뜨리자 화운룡은 어이없는 표정을 지었다.

'이 녀석아, 그게 무슨 소리냐?'

'하이고… 이제 어떻게 하면 좋아……!'

화운룡의 생각이 명림의 뇌리에는 전해지지 않았다. 전해지기는 했지만 그녀는 자신이 지금 품고 있는 생각을 어떻게 하면 지울 수 있는지에 대해서만 골몰하기 때문에 그의 생각에 대해서 간수할 겨를이 없다.

사실 그녀는 천보장에서 화운룡과 양체합일을 한 그 순간부터 오로지 한 가지 생각에만 몰두했으며 지금까지도 줄곧 그러고 있는 중이다.

그 생각이 무엇이냐 하면 이른바 앙큼한 상상이다.

상상력이란 원래 무한대다. 비천한 거지가 황제도 될 수 있고 부자가 될 수도 있으며, 명림처럼 가질 수 없지만 사랑하는 남자의 아내가 되어 매일매일 시도 때도 없이 그와 사랑을 나눌 수도 있는 것이 바로 상상의 날개다.

전에도 그랬었지만 오늘도 명림은 화운룡과 양체합일을 한 순간부터 자신이 그의 아내가 되었다는 상상의 나래를 펴고는, 그때부터 지금까지 그와 무수히 많은 사랑을 나누고 있는 중이다.

그 사랑은 시작도 끝도 없다. 화운룡이 달리든 말든 어떤 난관에 부닥쳐서 고민을 하든 말든 명림은 그저 건성으로 대처하면서 오롯이 자신만의 상상 속에서 최고의 쾌감과 절정을 끝없이 맛보고 있는 중이었다.

명림은 똥줄이 탔다.

'나 어떻게 해… 지워지지가 않아… 아아…….'

화운룡을 하늘이 맺어준 천생배필 남편으로 여기면서 아까부터 수십 번도 넘게 사랑을 나누고 있는 그 상상이 아무리 애를 써도 사라지지 않고 오히려 더욱 또렷하게 뇌리와 마음 속에 틀어박히는 것이 아닌가.

'림아, 너…….'

결국 화운룡이 그녀의 머릿속과 마음속에 가득 들어찬 음탕하고 앙큼한 생각을 읽고는 말을 잇지 못하는 상황이 벌어지고 말았다.

'…….'

명림은 아무 소리도 하지 못하고 꿀 먹은 벙어리처럼 가만히 있었다.

그런데 이런 와중에도 화운룡과 사랑을 나누는 생각이 지워지지 않고 계속 진행하고 있는 중이니 명림으로서는 미치고 팔짝 뛸 일이다.

더구나 아까는 그렇게도 원하던 적나라한 묘사와 표현, 자세 같은 것들이 하나도 생각나지 않더니 지금은 누가 그런 방법들을 들어붓기라도 한 것처럼 여기저기에서 펑펑 마구 샘솟고 있었다.

'이런……'

그녀의 그런 생각들을 다 읽어낸 화운룡은 어이가 없어서 생각조차도 잇지 못했다.

그는 전면의 두 고수를 쳐다보았다. 그들은 화운룡과 명림이 서로의 생각과 마음을 읽다가 해괴한 상황에 처했다는 사실을 모른 채 정면만을 주시하고 있다.

그런데 그 정면에 화운룡이 서 있어 괜히 그들 보기에 얼굴이 뜨거워 자리를 피할 수밖에 없었다.

화운룡은 이 층 어느 구석으로 가서 명림을 꾸짖었다.

'림아, 너 전직 아미파 장로가 맞느냐?'

'……'

화운룡은 기가 막혔다. 광덕왕에 대해서 알아보려고 왔다가 엉뚱한 일이 터져 버렸다.

사실 화운룡은 명림의 생각과 마음을 읽고는 너무 놀라고

어이가 없어서 광덕왕의 일 같은 것은 아예 생각나지도 않을
정도가 돼버렸다.

'너 세 살 때 아미파에 입문했다면서 도대체 이따위 요망한
방중비술들은 어디에서 배운 것이냐?'

'……'

'말 못 하겠느냐?'

명림은 움찔 몸을 떨더니 화운룡에게 해줄 대답을 머릿속
에 간신히 떠올렸다.

'책에서……'

'무슨 책?'

'춘화서(春畫書)에……'

'그게 뭐냐?'

'거… 기에 남녀에 관한 은밀한 모든 내용들이 다 들어 있어
서 그걸 보고 배웠어요……'

미래의 생이나 지금의 생에서도 순진무구하기 짝이 없는
화운룡은 '춘화서'라는 말을 듣는 것도 처음이다.

명림은 춘화서라는 말을 하고 나니까 자신이 그동안 읽었
던 수십 권의 춘화서에 실린 무수한 내용 즉, 그림과 설명들이
머릿속에 좌악 펼쳐졌다.

그리고 당연한 일이지만 화운룡이 그걸 읽었다.

화운룡은 너무 기가 막혀서 말이 나오지 않았다.

운설이나 다른 여자였다면 이렇게 놀라지 않을 것이다. 그런데 명림은 세 살 때부터 아미파에서 부처님만을 모시고 살아온 천생 여승이었다.

그런 그녀가 어쩌다가 이토록 타락을 한 것인지 화운룡으로서는 짐작조차도 가지 않았다.

이러면 안 된다고 생각하면서도 명림의 머릿속에서는 춘화서의 내용이 정직하게 처음부터 끝까지 하나씩 차례로 펼쳐지기 시작했다.

'너 언제부터 이랬느냐?'

'······.'

'대답 못 하겠느냐?'

'아아······.'

명림은 화들짝 놀라서 당황하더니 그때부터 눈물을 흘리기 시작했다.

'당신하고 처음 양체합일을 하고 나서예요······.'

말도 안 된다. 그게 반년도 넘은 일인데 그렇다면 명림이 그때부터 그런 생각을 줄곧 했다는 것이다.

명림의 상상 속에서 화운룡은 진작부터 그녀의 남편이었다.

그리고 옥봉보다 더 일찍 화운룡은 명림과 한 몸이 되었다. 즉, 부부지연을 맺은 것이다.

'춘화서는 어디에서 구했느냐?'

'설아가 구해주었어요.'

'설아가?'

'설아하고 저는 동병상련이라서……'

'뭐어?'

명림의 말인즉 그렇다면 운설도 똑같은 행동과 생각을 하고 있었다는 얘기다.

'이것들이 정말……'

화운룡은 기가 막혀서 가슴이 턱턱 막혔다.

이제 보니까 좌우호법이라는 두 여자가 화운룡 하나를 두고 공동의 남편으로 삼아서 허구한 날 무한한 상상의 나래를 펼치면서 즐기고 있었던 것이다.

명림은 일이 이렇게 된 이상 지금이 어떤 상황이든지 간에 아예 끝장을 봐야겠다고 결심했다.

물극필반(物極必反)이라고 했다. 무슨 일이든 극에 도달하면 반대 현상이 일어나는 법이다.

'여보.'

'……'

'여보'라는 것은 운설의 전매특허인데 그 말이 명림의 입에서 나오자 화운룡은 헛웃음이 나올 지경이다.

그러나 명림의 정신은 더없이 차분하다. 조금 전까지만 해도 들끓고 있던 애욕과 음탕함과 춘화서의 난잡한 내용은 깡그리 사라지고 순결함과 솔직함만 남아 있다.

'천첩은 미래에도, 그리고 지금도 언제나 당신을 남편으로 섬기고 있었어요.'

'림아……'

'천첩의 말을 끝까지 들으세요.'

명림은 외려 화운룡을 꾸짖기까지 했다. 그러면서 아내가 남편에게 스스로를 칭할 때 쓰는 '천첩'이라는 호칭을 서슴없이 사용했다.

'여보, 당신이 천첩을 현실에서 아내로 거두어주지 못하실 바에 천첩의 그런 상상까지 꾸짖는 것은 지나친 처사라는 생각이 드네요.'

이쯤 되면 적반하장도 유분수다.

'그게 지금 네가 할 수 있는 말이냐?'

'이건 어디까지나 상상이에요. 상상. 상상으로는 그 무엇인들 못 하겠어요?'

말을 듣고 보니까 그건 명림의 말이 백번 옳다. 중이 염불을 하면서 고기 먹는 상상을 하더라도 그건 순전히 중의 몫이지 누가 뭐라고 할 수 없는 영역인 것이다.

자신의 진심을 밝힐수록 명림은 마음이 너무나도 편해지기 시작했고 더욱 용감해졌다.

'천첩은 당신을 목숨보다 백만 배나 더 사랑하고 있어요. 알

고 계시죠?'

'…….'

'대답하세요.'

이번에는 주객전도다.

'아… 알고 있다.'

'당신도 천첩을 사랑하시죠?'

'…….'

'대답이 늦으시는군요.'

'끙… 사랑한다.'

분명히 화운룡은 명림을, 아니, 운설까지 사랑하고 있다.

그런데 그것이 남녀 간의 사랑인지 우정인지, 아니면 그 무엇인지는 잘 모른다.

어쨌든 그가 명림과 운설에 대한 감정을 뭉뚱그려서 한마디로 표현하라고 하면 그건 사랑이다.

'그렇다면 우린 부부예요.'

'음…….'

'비록 상상 속의 부부지만 천녀에겐 목숨보다 더 소중한 상상이랍니다.'

명림의 말을 듣고 있자니까 어쩐지 화운룡은 그녀의 절절한 마음과 아픔을 이해할 수 있을 것 같았다. 그래서 그녀가 불쌍해졌다.

현실에서는 삼생을 살더라도 결코 이룰 수 없는 사랑이기에 여북하면 상상 속에서 저러고 있겠는가, 라고 생각하자 그녀를 꾸짖기보다는 위로해 주고 싶은 마음이 더 커졌다.

'여보, 우린 부부예요. 아시겠죠?'

명림이 확인하듯이 다시 한번 화운룡을 흔들었다.

'알았다.'

화운룡은 명림의 진심을 알았다. 아니, 명림만이 아니라 운설까지도 포함해서다.

'천첩은 그저 기뻐요.'

명림이 왈칵 눈물을 쏟았다.

바로 그때 화운룡은 삼 층으로 오르는 계단 입구를 지키고 있는 두 명의 고수를 어떻게 해결해야 할지 방법이 떠올랐다.

그는 빛처럼 빠르게 삼 층으로 오르는 계단을 향해 쏘아갔다.

『와룡봉추』 12권에 계속…